서재에
흘린 글
·
제4집

이불 잡문집(二不雜文集)

서재에 흘린 글

·

제4집

김학주 지음

明文堂

머리말

　본인의 잡문집雜文集을 세 권이나 내어놓았으나 아직도 빠트린 글들이 많이 발견되어 다시 제4집을 엮게 되었다.

　중국 고전문학을 공부하는 사람들은 전공이 어떤 분야이던 누구나 시를 가장 많이 접하게 된다. 중국사람들은 서기 기원전 1000년 무렵에 그 당시에 유행하던 시 300편을 모아 『시경詩經』을 편찬하고 공부하는 사람이면 누구나 읽어야만 할 경전經典으로 높이 받들어왔다. 그리고 중국의 지식인들은 누구나 『시경』을 읽고 공부하여 그것을 바탕으로 자신도 시를 지었다. 당唐나라(618-907) 이후로는 나라를 다스리는 데 필요한 관리들을 뽑기 위하여 과거科擧라는 시험제도를 시행하였는데, 거기에서 가장 중요한 시험과목이 관리의 일과는 직접 관련이 없는 시를 짓는 능력이었다. 그리고 그들이 일상적으로 쓰는 산문散文도 당나라 때까지는 어떤 나라 운문韻文보다도 더 철저한 운문인 변려문騈儷文을 산문이라고 써왔다. 그러니 중국의 전통문화는 시를 중심으로 발전하여 왔다고도 말할 수가 있을 것이다.

　필자도 자연히 적지 않은 중국시를 읽고 고금 각 시대의 시를 번역하여 여러 권의 시선집詩選集도 출간하였다. 따라서 적지 않은 시에 관한 글을 썼지만 개중에는 시를 읽으면서 느낀 여러 가지 생각과 감상을 적은 글들도 적지 않게 이루어졌다. 이미 발간된 필자의 잡문집에는 그런 글들이 여러 편 실려 있다. 다시 스스로 '서재에 흘린 글'들을 모으다 보니 역시 시와 관련된 글들이 가장 많았다. 때문에 글을 모으면서 책의 제명을 『중국시를 읽다가』로 정하려 하였었다. 그러나 특히 '타이베이 친구들'에 관한 글은 시와 관련이 없지만 꼭 발표하고 싶은 글이어서 다시 그 글을 싣기로 결정하면서 제명을 『서재에 흘린 글』 제4집이라고 되돌려 놓고, 또 다른 잡문들도 실었다.

때문에 'Ⅰ. 중국시를 읽다가'의 양이 12편으로 가장 많다. 'Ⅱ. 서재에서'와 'Ⅳ. 태평스런 세상'은 이전의 잡문집의 글들과 비슷한 성격의 글들로 뒤에 더 보탠 것이다. 다만 '태평스런 세상'에 실린 글들은 필자의 세상을 살아가는 몸가짐을 좀 더 바르게 하려는 생각들이 담겨있다고 생각하고 따로 독립시켜 놓았다. 'Ⅲ. 타이베이 친구들'이란 글이 이루어진 것은 필자가 타이완을 제2의 고향처럼 여기고 있음을 반영하는 것이다. 특히 대만대학 국문연구소國文硏究所는 필자를 학문의 길로 이끌어준 곳이어서, 그곳에서 필자가 강의를 들은 다섯 분의 선생님들은 참된 의미의 은사恩師들이시다. 때문에 타이완에는 필자와는 각별한 친분의 벗들도 여러 명 있다. 그중에서 장헝張亨이란 친구가 얼마 전에 작고하여 그를 애도하는 글을 쓰지 않을 수가 없었다. 그리고 증융이(曾永義)는 지금까지도 나를 격려하여 학문 세계로 이끌어주는 친구라서 그에 관한 글은 최근에도 몇 편 썼다. 그리고 꾸젠둥(顧建東)은 나보다 나이가 서너 살 위의 친구이다. 그는 만날 적마다 나를 알뜰히 아껴주었는데도 나는 그것을 깨닫지 못하고 고맙다는 가벼운 인사도 제대로 하지 못한 상태라서 글이라도 써서 남겨놓아야만 하였다. 「학문은 꾸준히 잘해야 하고 ---」가 그와 관련된 글이다. 나의 타이베이 친구들과의 교분은 각별하다는 것을 누구나 느낄 것이다.

끝으로 이 자리를 빌어 어려운 현재의 우리 사회의 여건 아래에서도 신념을 굽히지 않고 출판문화의 발전에 헌신하는 출판사 명문당 김동구金東求 사장에게 경의를 표한다.

2016년 12월 18일
김학주 씀

I.
중국시를
읽다가

1

아름다운 시와 시인

    당唐나라 초기의 시인 심전기(沈佺期, 656?-713)에게는 「독불견獨不見」이라는 제목의 아름다운 시가 있다. 거의 모든 『당시선唐詩選』에 실려 있을 정도로 유명한 시이다. 그 시는 남북조南北朝시대(420-589)부터 발전하기 시작한 최고로 아름다운 형식을 이룬 율시律詩의 완성된 모습을 보여주는 작품으로도 유명하다. 곧 그 시는 근체시近體詩를 대표하는 '율시'로서의 성률聲律과 형식을 완전하게 갖춘 초기에 나온 아름다운 칠언율시七言律詩라고 옛날부터 많은 칭송을 받아온 작품이다. 시 제목인 「독불견獨不見」은 '전혀 뵈올 수가 없다' 는 뜻의 옛날 악부樂府의 한 가지 제목으로 본시부터 임 그리움이 노래의 주제이다. 판본에 따라서는 제목이 「옛 노래 뜻을 따라 읊어 교지지喬知之 보궐補闕님께 드림〔古意呈喬補闕知之〕」으로 되어있는 경우도 있다. 교지지는 포악하기로 유명한 여황제인 칙천무후則天武后 때(690-705)에 우보궐右補闕 벼슬을 한 사람이다. '옛날 악부의 형식을 따라 시를 지어 교지지 보궐님께 드린다.'는 뜻이다. 우선 그 시를 아래에 번역을 붙여 소개한다. 제목은 편의상 「임은 뵈올 수가 없고」라 옮기었다.

「임은 뵈올 수가 없고〔獨不見〕」

노씨 댁 젊은 며느리가 사는 울금당에는
바다제비 한 쌍이 대모로 장식한 들보에 깃들이었네.
싸늘한 구월의 다듬잇방망이 소리 낙엽을 재촉하니,
십 년이나 수자리 살고 있는 요양 땅의 임 그리워지네.
백랑하 북쪽으로 가서는 소식조차 끊겼으니
장안 성 안의 가을밤은 길기만 하네.
누구 때문에 수심 안고 있는데 임은 뵈올 수가 없는가?
더욱이 밝은 달은 누런 비단 장막에 비치고 있는데!

盧家少婦鬱金堂, 海燕雙棲玳瑁梁.
노 가 소 부 울 금 당　　해 연 쌍 서 대 모 량

九月寒砧催木葉, 十年征戍憶遼陽.
구 월 한 침 최 목 엽　　십 년 정 수 억 료 양

白狼河北音書斷, 丹鳳城內秋夜長.
백 랑 하 북 음 서 단　　단 봉 성 내 추 야 장

誰爲含愁獨不見? 更敎明月照流黃.
수 위 함 수 독 불 견　　갱 교 명 월 조 류 황

　이런 작품이 있기에 중국문학사에서 남북조南北朝시대(420
-581)에 발전하기 시작한 근체시인 율시律詩가 당唐나라 초기
에 이르러 이 시의 작자인 심전기와 송지문(宋之問, 656-712)
같은 사람에 의하여 완성되었다고 전해진다.

　율시는 시의 아름다움을 극도로 추구한 나머지 이루어진
시체라서 시에 쓰이는 모든 글자의 성운聲韻의 높고 낮은 것
을 뜻하는 평측平仄과 모든 구절의 대구對句를 꽤까다롭게 따
져 씀으로써 시를 읽는 소리가 아름다울 뿐만이 아니라 쓰는
글자와 글귀도 되도록 아름답고 멋진 것을 골라 쓰게 된 것이
다. 따라서 얼핏 보면 쉽게 알기 어려운 미사여구美辭麗句가
많이 쓰이고 있다. '노가盧家'는 옛사람 시에서 빌린 말로 특
정의 노씨 집안이 아니라 중국의 일반 사대부 집안을 대표한
다. '울금당鬱金堂'은 '울금향'을 진흙에 섞어 벽을 발라 향
기가 나게 한 멋지고 아름다운 부잣집 방을 말한다. 울금향은

서역에서 들어온 재스민 비슷한 향초 꽃에서 채취한 향료라
한다. '해연海燕'은 바다제비인데, 몸이 작고 남쪽 바닷가에
살다가 봄이 되면 북쪽으로 날아와 집을 짓고 새끼를 친다.
'대모량玳瑁梁'은 '대모'로 장식한 화려한 집의 들보이다.
'대모'는 물에 사는 거북이 종류로 그 껍질이 단단하고 윤기
가 나는 위에 무늬가 있어서 여러 가지 장식용으로 많이 썼다
한다. 자개 비슷한 것이었던 것 같다. '요양遼陽'은 지금의 랴
오닝(遼寧)성 랴오양(遼陽)현 일대를 가리킨다. 이때 요양으로
수자리를 살러 갔다는 것은 고구려高句麗와의 전쟁 때문이었
을 것이다. 당唐나라 태종(太宗, 627-649 재위)의 고구려 원정
때를 생각하며 이 시를 쓴 것 같다. '백랑하白狼河'는 랴오닝
성의 성도인 선양沈陽의 훨씬 서쪽에 흐르고 있는 지금의 대
릉하大凌河라 한다. 젊은 부인의 남편은 랴오양으로 출정하였
다가 다시 대릉하 북쪽 기슭에서 벌어지는 싸움에 나간 뒤 소
식이 끊긴 것이다. '단봉성丹鳳城'은 붉은 봉의 성이란 뜻으
로 장안長安성을 가리킨다. 장안성을 단봉성이라 부르게 된
연유는 여러 가지 설이 있으나 확실치 않고 멋진 표현을 위하
여 이런 말을 쓴 것임에는 틀림이 없다. '유황流黃'은 누런 얇
은 비단, 여기서는 누런 얇은 비단으로 만든 장막으로 역시
멋진 표현을 위하여 동원된 말이다.

　남북조南北朝시대의 유미주의唯美主義 시풍을 계승한 당나

라 초기의 시인들은 아름답고 멋진 시체를 이룩하는 데에는 성공하고 있지만 모두 존경하기는 어려운 지식인들이 대부분이다. 이 시의 작자인 심전기는 칙천무후則天武后 때에 권력을 지닌 자들에게 아부하여 벼슬자리에 올랐고, 특히 칙천무후의 총애를 받고 권력을 휘두르던 권력가인 장이지張易之 형제에 아부하며 뇌물을 먹은 탓에 장이지가 주살誅殺 당할 적에는 그도 귀양을 가야만 했던 사람이다.

심전기는 송지문과 함께 어용문인御用文人이어서 그의 작품은 황제의 뜻을 따라 지은 응제應制와 권력자들에게 지어 바친 시들이 대부분이다. 이 시도 교지지喬知之라는 높은 벼슬아치에게 지어 바친 것임이 분명하다. 따라서 그의 시는 아름다운 율시를 완성시켜 격률格律에 빈틈이 없고 멋진 시구를 이룩하는 데에 성공하였다는 평가를 받고 있으나 시의 내용은 대부분이 보잘것없는 것들이다. 그러나 우리나라에서는 아직까지도 한시를 얘기할 적에는 이런 시들을 멋지다고 추켜세우는 경향이 많다. 언제나 시는 형식보다도 내용이 더 중요하다.

그와 함께 율시를 완성한 시인이라 칭송되는 송지문宋之問도 역시 칙천무후에게 아부하면서 벼슬을 하였고, 역시 황제의 총애를 받는 대신인 장이지張易之를 떠받들며 그를 대신하여 시도 써 주었다 한다. 그에게는 「대비백두옹代悲白頭翁」 또는 「유소사有所思」라는 제목이 붙은 유명한 시가 있는데 그중에 "해마다 꽃은 비슷하게 다시 피지만, 해마다 사람들은 달라지고 있네.〔年年歲歲花相似, 歲歲年年人不同.〕"라는 유명한 멋진 구절이 있다. 그런데 『당재자전唐才子傳』이란 책의 기록에 따르면 본시 그 시의 구절은 그의 사위인 유희이劉希夷가 지은 것인데 장인인 송지문이 그 구절을 보고 감탄하여 그 시의 두 구절을 자기에게 달라고 요청하였다 한다. 간절히 달라고 요구해도 사위인 유희이가 양보하지 않자 송지문은 30세인 그를 흙 포대로 눌러 죽여 버리고 그 시 구절을 자기 것으로 만들었다고 한다. 「대비백두옹」이라는 이 시의 작자를 유희이라고 밝히고 이 시를 싣고 있는 『당시선唐詩選』도 있다.

심전기의 시는 물론 송지문의 시도 아름답기 그지없다. 그런데 그 아름다운 시를 쓴 시인들은 사람됨이 지저분하다. 시는 아름다운데 그 시를 지은 시인은 아무리 좋아해 보려고 해도 좋아지지 않는다. 시만 보고 그 시를 지은 사람을 평가할 수는 없다. 실은 시만이 그러할까? 모든 글이 그런 것은 아닐까?

2007. 1. 29

2
속(俗)된 것에 대하여

북송北宋의 대문호 소식(蘇軾, 1030-1101)의 시 「오잠 스님의 녹균헌〔於潛僧綠筠軒〕」이란 시에는 앞에 이런 구절이 있다.

　식사를 하는 데 고기가 없는 것은 괜찮지만
　살고 있는 곳에 대나무가 없으면 안 되네.
　고기가 없으면 사람을 마르게 하지만
　대나무가 없다면 사람을 속되게 하네.
　사람이 마른 것은 살찌게 할 수 있지만
　선비가 속된 것은 고칠 수가 없다네.

可使食無肉, 不可居無竹.
가 사 식 무 육   불 가 거 무 죽

無肉令人瘦, 無竹令人俗.
무 육 령 인 수   무 죽 령 인 속

人瘦尚可肥, 士俗不可醫.
인 수 상 가 비   사 속 불 가 의

　필자는 이전에 이 시를 번역하면서[1] 여기에서 소식이 '속
되다'고 말하는 것은 자기가 사는 집 마당이나 근처에 대나무
를 심어놓고 '우아한 생활을 하는 것'의 반대되는 개념이라
고 간단히 이해하였다. 따라서 "잘 먹고 잘사는 것도 중요하
지만, 대나무 같은 운치가 있는 고매한 정신세계에서 소요逍
遙하는 생활"을 높이 드러내려는 뜻으로 풀이하였다. 그러나
소식은 흔히 말하는 '속세'나 '속인'을 속되다고 하여 멀리
떠나거나 그들을 상대하지 않으려 한 적이 없는 것 같다. 아
무래도 시인의 뜻을 올바로 파악하지 못한 것 같다.
　소식은 속세 속에 속인들을 위하여 산 지식인이다. 그의
「답필중거서答畢仲擧書」[2]를 보면 다음과 같은 대목이 있다.

1 金學主 譯註『宋詩選』(명문당, 2012. 5. 발행) P. 273.
2 『蘇東坡全集』上集 第30卷 書九首 P. 372(臺灣 世界書局 1982. 4.
　出版.

"이른바 초연히 오묘한 것을 깨닫는다는 말을 나는 알지 못하오. 전에 진술고陳述古란 친구가 선禪을 논하기를 좋아하였다오. 그는 자신은 지극한 경지를 논하고 있는데, 내가 말하는 것은 천박하고 비루하다고 하였소. 그래서 나는 진 선생이 말하는 것은 비유를 들면 음식 중의 용 고기 같은 것이지만 내가 공부한 것은 돼지고기 같은 것이라 하였소. 돼지와 용은 아주 다른 것이지요. 그렇지만 진 선생이 하루 종일 용 고기 얘기를 하는 것은 내가 돼지고기를 먹는 것만큼 진실로 맛있고 배부르지 못한 것이요."[3]

소식은 실질적인 사람이다. 그는 실지로 돼지고기를 좋아하여 손수 돼지고기 요리를 만들었기 때문에 지금도 중국요리에 '동파육東坡肉'이라는 돼지고기 요리가 있다. 그는 스스로 여러 가지 음식을 만들기 좋아하였다. 그리고 백성들을 사랑하여 서주徐州·항주杭州·여주汝州 등 여러 고장의 지방관으로 나가서 흉년이 들거나 장마가 져서 굶주리는 사람들이 있다는 것을 알면 팔을 걷어붙이고 나서서 그들을 구제해 주

---

3 所謂超然玄悟者, 僕不識也. 往時陳述古好論禪. 自以爲至矣, 而鄙僕所言爲淺陋. 僕嘗語述古公之所談, 譬之飲食龍肉也, 而僕之所學. 猪肉也. 猪之與龍, 則有間矣. 然公終日說龍肉, 不如僕之食猪肉, 實美而眞飽也.

었다는 얘기가 그의 전기傳記 여러 곳에 보인다. 밀주密州라는 곳에 가 있을 적에는 흉년이 들어먹을 것이 없게 되자 백성들 중에 자식을 내버리는 사람들이 많았는데, 소식은 직접 수천 명의 버려진 아이들을 거두어 먹여주고 돌보아주었다 한다.[4] 황주黃州에서는 가난하여 자식을 먹여 살리지 못하는 사람들이 많다는 것을 알고는 그 고장 부자들을 권유하여 돈과 재물을 내도록 하고 자신도 돈을 내어 어려운 아이들을 먹여 살려주었다. 그리고 그는 그런 얘기를 쓴 다음 스스로 다음과 같은 말을 덧붙이고 있다.

"만약 일 년에 백 명의 아이들을 살릴 수만 있다면 또한 한 가히 지내고 있는 중의 한 가지 즐거운 일이 아니겠는가? 나는 비록 가난하지만 그래도 재물과 돈을 내야 한다."[5]

이런 문호 소식이 말하는 '속俗'은 내가 생각한 것 같은 우아優雅하고 고아高雅한 것의 대가 되는 단순한 저속低俗한 것

4 蘇軾「與朱鄂州書」; 軾向在密州遇饑年, 民多棄子. 因盤量勸誘米, 得出剩數百石, 別儲之, 專以收養棄兒. 月給六斗, 比期年, 養者與兒皆有父母之愛, 遂不失所, 所活亦數千人.
5 『東坡志林』; 若歲活得百個小兒, 亦閑居一樂事也. 吾雖貧, 亦當出十千.

이 아니다. 더구나 '속세'나 '속인'이라고 할 적의 '속'의 뜻
이 아니다. 나는 그의 시를 잘못 이해하고 있음이 분명하다.
그는 속인처럼 돼지고기를 좋아하고 음식도 손수 만들어 먹
지 않는가? 그리고 흉년이 들어 사람들이 굶주리며 어렵게
사는 것을 보고만 있지 못하고 앞장서서 그들을 구제해 주고
있지 않은가? 특히 어린아이들을 버리어 굶어 죽게 하는 것
은 보고만 있지 못하는 성품이다. 그러면 소식이 말하는 '속
되지 않은' '대나무가 있는 곳' 같은 곳은 어떤 곳을 뜻하는
가? 세상 먼지가 없고 신선이 사는 곳 같은 곳이 아님이 분명
하다. 뒤에 소식을 스승으로 모신 황정견(黃庭堅, 1045-1105)
이 이런 말을 하고 있다.

> "나는 일찍이 젊은이들에게 '사대부는 세상을 살아가면서
> 여러 가지 인간이 될 수 있으나, 오직 속되지만은 않아야 된
> 다. 속된 것은 고칠 수가 없기 때문이다.'고 말해주었다."[6]

이는 분명히 황정견이 위의 소식의 시를 읽고 깨달은 말을
젊은이들에게 말한 것이다. 아무래도 순수純粹하고 순진純眞
하고 순전純全한 것, 또는 천진天眞하고 천연天然하고 천전天

---

6 「書繪卷後」; "余嘗爲少年言; 士大夫處世, 可以百爲, 唯不可俗. 俗
便不可醫也."(『豫章先生文集』卷29, 『四部叢刊』本).

숱한 것 같은 것을 말하는 것 같다. 곧 진실로 자연스러운 것을 뜻한다. 그러기 위해서는 깨끗하고 참되고 자연스럽고 순수하고 사람다워야만 할 것 같다. 소식이 사용한 '천전'이란 말의 보기를 몇 가지만 들어본다.

앉아서 모든 경치 바라보니 '천전'함을 얻게 되네.〔坐觀萬景
得天全.〕[7]

취하여 붓을 드니 '천전'함을 얻게 되네.〔醉筆得天全.〕[8]

말채찍과 회초리에 새기고 불로 지진 것은 '천전'함을 상하
니,
이 그림처럼 자연스럽지 못하네.〔鞭筆刻烙傷天全, 不如此圖近
自然.〕

위의 보기들을 모두 종합해 보면, 사람을 두고 '속되지 않은 것'을 말한다면 완전히 '사람다운 것'을 말한다고 본다. 그것은 소식뿐만이 아니라 송대에 이르러 달라진 문인들의

---

7 「函虛亭」(『蘇東坡全集』前集 卷7 詩).
8 「試筆」(『蘇東坡全集』續集 卷1 詩).

일반적인 경향이라고도 여겨진다. 송대의 지식인들은 모두 세상과 세상 사람들에 대한 관심이 매우 많았다. 누구나 지식인으로서 자기를 위할 뿐만이 아니라 이 세상을 위하여 무엇인가 공헌하려고 노력하였다. 모두가 사람다워지려고 애썼다. 사람다운 사람들이 사는 곳이 바로 '속되지 않은' '대나무가 있는 곳' 같은 곳일 것이다. 앞에서 소식 스스로 보기를 들어 말한 것처럼 '용의 고기'가 아니라 '돼지고기'야말로 속되지 않은 것이다.

2014. 10. 28

3
자기가 늙은 것을 기뻐함

『전당시全唐詩』를 뒤적이다가 당대 시인 백거이(白居易, 772 -846)의 「거울을 들여다보다가 늙은 것을 기뻐함〔覽鏡喜老〕」 이라는 시를 발견하고 다시 한번 뜻을 음미하면서 자세히 읽 어보았다. 이 시가 새삼 내 관심을 끌고 내 자신에 대하여도 다시 생각해보게 한 것은 내 자신도 80이 넘은 늙은이가 된 탓임이 분명하다. 그 시의 번역과 본문을 아래에 소개한다.

오늘 아침 밝은 거울을 들여다보니
수염이며 머리가 실처럼 모두 희어져 있네.

올해 나이 예순넷이니

어찌 노쇠해지지 않을 수 있겠는가?

집안사람들은 내가 늙은 것을 애석히 여기고

서로 쳐다보며 탄식을 하고 있네.

그런데 나는 홀로 미소를 짓고 있으니,

이 마음을 그 누가 알겠는가?

웃고 나서는 의젓이 술상을 차리게 하고

거울을 덮어놓고 흰 수염을 쓰다듬네.

너희들 지금부터 편히 앉아서

얌전히 내 말 들어보아라!

삶이 만약 연연할 게 못 된다면

늙은 것도 어찌 슬퍼할게 되겠는가?

삶이 만약 진실로 미련을 지닐만한 것이라면

늙은 것은 바로 많은 세월을 산 것이 되네.

늙지 않았다는 것은 반드시 일찍 죽은 것이고

일찍 죽지 않았다면 반드시 노쇠해지게 마련일세.

뒤늦게 노쇠해지는 것이 일찍 죽는 것보다 좋은 일이니,

이런 이치는 결코 의심할 것도 없는 것이네.

옛날 분은 또 말하기를

세상 사람 중에는 일흔 살 사는 이 드물다고 하였네.

나는 지금 일흔에 육 년 모자라고 있으니

다행히도 일흔 살 살 수 있을지도 모르겠네.

만약 이 나이까지 갈 수만 있다면

아흔 살을 넘겨 산 영계기榮啓期를 어찌 부러워하겠는가?

기뻐해야 할 일이지 탄식할 일이 아니니

다시 술이나 한잔 기울이자!

今朝覽明鏡,　鬢鬢盡成絲.
금 조 람 명 경　수 빈 진 성 사

行年六十四,　安得不衰羸?
행 년 육 십 사　안 득 불 쇠 리

親屬惜我老,　相顧興歎咨.
친 속 석 아 로　상 고 흥 탄 자

而我獨微笑,　此意何人知?
이 아 독 미 소　차 의 하 인 지

笑罷仍命酒,　掩鏡拧白髭.
소 파 잉 명 주　엄 경 랄 백 자

爾輩且安坐,　從容聽我詞!
이 배 차 안 좌　종 용 청 아 사

生若不足戀,　老亦何足悲?
생 약 부 족 련　노 역 하 족 비

生若苟可戀,　老卽生多時.
생 약 구 가 련　노 즉 생 다 시

不老卽須夭,　不夭卽須衰.
불 로 즉 수 요　불 요 즉 수 쇠

晚衰勝早夭,　此理決不疑.
만 쇠 승 조 요　차 리 결 불 의

古人亦有言,　浮生七十稀.
고 인 역 유 언　부 생 칠 십 희

我今欠六歲,　多幸或庶幾.
아 금 흠 육 세　다 행 혹 서 기

倘得及此限, 何羨榮啓期?
당 득 급 차 한   하 선 영 계 기

當喜不當歎, 更傾酒一厄.
당 희 부 당 탄   갱 경 주 일 치

　시인 백거이가 예순네 살 때 거울에 자기 얼굴을 비춰보고
지은 시이다. 거울에 비치는 자기 모습은 자기가 바라보아도
머리도 하얗게 모두 희어졌고 피부도 쭈글쭈글 늙어있다. 집
안사람들도 모두 자기를 바라보면서 늙은 자기를 동정하며
슬퍼서 한숨을 쉬고 있다. 그러나 시인 자신은 거울에 비친
자기 모습을 보고 자기가 늙었다는 것을 알면서도 오히려 자
기의 지금 처지를 기뻐하고 있다.

　우선 백거이는 사람의 삶은 태어난 뒤 늙어 죽게 되는 것이
라는 원리를 받아들이고 있다. 사람은 늙지 않으려면 젊어서
죽는 수밖에 없고, 젊은 나이에 죽지 않으면 결국은 늙는 수
밖에 없는 것이다. 지금 자신이 육십 노인이 되어 늙어 있다
는 것은 자신이 그때까지 세상을 살아온 당연한 결과임을 받
아들이고 있는 것이다.

　이어서 옛 분의 말이라며 "세상 사람 중에는 일흔 살 사는
이 드물다고 하였다."고 읊고 있다. 그것은 두보(杜甫, 712-
770)가 「곡강曲江」시에서 "사람이 태어나서 일흔까지 사는 이
는 예로부터 드물었다.〔人生七十古來稀.〕"고 읊은 유명한 대

목을 인용한 표현이다. 자신은 지금 예순네 살이니 육 년만 더 살면 일흔 살이다. 잘하면 자기는 보통 사람들에게는 매우 드물다는 일흔 살의 수를 누릴 수 있을 것 같다. 그러니 자신은 얼마나 축복받은 사람이냐는 것이다.

　여기에 보이는 영계기榮啟期는 공자와 같은 시대의 사람으로, 『열자列子』 천서天瑞편에 이런 얘기가 실려있다. 공자가 태산泰山에 놀러 갔다가 영계기를 만났다. 영계기는 무척 허름한 옷을 걸치고도 노래를 부르면서 매우 즐거워하고 있었다. 공자가 그처럼 즐거워하는 까닭이 무엇이냐고 묻자 그는 다음 세 가지 까닭을 말하였다. 첫째는 '사람으로 태어난 것', 둘째는 사람 중에서도 '남자로 태어난 것', 셋째는 지금 '아흔 살이 되도록 살고 있다는 것'이라 대답하고 있다. 백거이가 영계기를 드러내어 말하고 있는 것은 무척 가난하게 살면서도 자신이 타고난 조건들을 모두 받아들이고 즐거워하는 자세가 마음에 들었기 때문이다. 자기도 영계기처럼 세상의 부귀를 초월하여 자기에게 주어진 삶의 여건을 모두 긍정적으로 받아들이고 즐겁게 살겠다는 뜻을 보여주기 위해서이다. 영계기처럼 아흔 살까지는 살지 못할 가능성이 많지만 자신은 지금 예순네 살로 보통 사람들은 누리지 못한 일흔 살의 수를 누릴 가능성이 있으니 자기가 늙은 것이 무척 기쁘고, 오래 살아서 유명한 영계기가 조금도 부럽지 않다는 것이다.

백거이는 그 뒤로 일흔을 훨씬 넘어 일흔다섯 살까지 살았으니 그런 마음가짐이 그렇게 장수를 누리도록 하였을 것이다.

사람의 행불행은 사실은 그의 외부 조건은 전혀 문제가 되지 않고 자신의 마음가짐에 달려있다. 사람이 늙는다는 것도 그의 마음가짐에 따라 기쁨이 될 수가 있고 슬픔이 될 수가 있음을 이 시를 통하여 누구나 다시 한번 깨닫게 될 것이다. 사람으로 태어났으면 누구나 나이를 먹고 늙어가게 마련이니 우리는 그것을 받아들이고 그런 변화를 기뻐할 줄 알아야 할 것이다.

한편 골똘히 생각해 보면 늙는 것뿐만이 아니라 인생의 모든 일이 사람들의 마음 먹기에 따라 그 성격이 가려진다. 나고 살고 죽는 일 모든 것이 그러한 것 같다. 어떤 여건이든 자기에게 주어진 조건을 축복이라 생각하며 기뻐할 수도 있고, 그 주어진 조건을 나쁘다고 생각하며 원망하고 한탄하며 지낼 수도 있다. 그러니 우리는 올바르고 깨끗한 마음을 지니기에 힘써야만 할 것이다.

백거이는 『거울을 대하고(對鏡)』·『대경음對鏡吟』 등 거울과 관계되는 시를 여러 편 짓고 있다. 아마도 시인은 거울에 자신을 비춰보기 좋아하였던 것 같다. 그것은 자기를 정확히 올바로 알기 위해서였을 것이다. 이 『거울을 들여다보다가 늙은 것을 기뻐함』이라는 시에서도 그는 먼저 거울을 들여다보고 자기 머리가 모두 희어지고 노쇠한 늙은이라는 것을 확인하고 있다. 먼저 자기 자신을 제대로 보고 정확하게 알아야만 자기의 마음을 올바르고 깨끗하게 지닐 수 있게 될 것이다.

시인 백거이는 실은 이미 40세에 늙음을 의식하고 여러 편의 나이 먹는 일과 관계되는 시를 짓고 있다. 그의 『백씨장경집白氏長慶集』을 보면 「문곡자聞哭者」(권6)·「백운기白雲期」(권7)·「제구사진도題舊寫眞圖」(권7)·「목욕沐浴」(권10)·「자각自覺」(권10)·「호가행浩歌行」 등 여러 편이 있다. 물론 실제로 늙어가면서 더욱 늙음을 의식하면서 시를 지었을 것이다. 그러나 백거이는 이미 40세에도 늙음에 대하여 초연하였다. 보기로 「자각」 시 두 수 중 앞 시에서 끝머리 몇 구절만을 보기로 여기에 인용한다.

늙는 것을 두려워하면 늙음은 더 빨리 닥치고
병을 걱정하면 병에 더욱 얽매이게 되네.
두려워하지도 않고 걱정도 하지 않는 것이
늙음과 병을 없애는 약이라네.

畏老老轉迫, 憂病病彌縛.
외 로 로 전 박   우 병 병 미 박

不畏復不憂, 是除老病藥.
불 외 부 불 우   시 제 로 병 약

늙음뿐만이 아니라 사람이면 누구나 결국 앓게 되는 병에 대하여도 걱정하지 말아야 한다는 것이다. 이 「거울을 들여다보다가 늙은 것을 기뻐함」 시와 같은 생각을 백거이는 이미 40대에 갖고 있었다. 「문곡자聞哭者」란 시는 이웃에서 20대의 젊은 남편을 잃고 곡하는 소리와 10대의 아들을 잃고 곡하는 소리를 듣고 지은 시이다. 그는 이웃 사람들의 곡하는 소리를 듣고 세상에는 늙도록 사는 사람이 적다는 것을 절감한다. 그래서 "나는 지금 40이 넘었으니, 그런 사실을 감안하면 스스로 기뻐하게 된다."고 하면서 "이제부터는 밝은 거울 속에 내 머리 눈같이 희어도 싫어하지 않겠다.〔從此明鏡中, 不嫌頭似雪.〕"고 시를 끝맺고 있다. 백거이의 장수 비결은 바로 여기에 있었다. 시인은 이름도 "평이하게 산다"는 뜻의 거이居易이고, 그의 호도 "하늘의 뜻 곧 자연스러움을 즐긴다"는 뜻의 낙천樂天이다. 그는 평이하고 소박하게 살고 하늘의 뜻을 따라 자연스럽게 지냈기 때문에, 형부상서刑部尙書라는 높은 벼슬을 하고도 75세의 장수를 누릴 수가 있었을 것이다.

2013. 9. 3

4
늙은 것을 기뻐하는 노래

북송北宋 때의 학자 소옹(邵雍, 1011-1077)에게는 '늙은 것을 기뻐하는 시' 「희로음喜老吟」이 있다. 먼저 그 시를 번역하여 소개한다.

귀밑머리 실처럼 희어지도록 사는 이 몇이나 있는가?
어찌하여 구차하게 흰 털 뽑겠는가?
세상에서 높은 벼슬 못한다 해도
이 세상 벗어난 일도 알 수가 있다네.
봄의 따스하고 가을의 시원한 날씨 되면

바로 내가 동쪽으로 가서 놀고 서쪽으로 가서 뱃놀이하는
때라네.
넓고 평평한 좋은 밭뙈기도 있어서
촌 늙은이 언제나 기쁜 얼굴이라네.

幾何能得鬢如絲?　安用區區鑷白髭?
기 하 능 득 빈 여 사　　안 용 구 구 섭 백 자

在世上官雖不做,　出人間事却能知.
재 세 상 관 수 불 주　　출 인 간 사 각 능 지

待天春暖秋凉日,　是我東遊西泛時.
대 천 춘 난 추 량 일　　시 아 동 유 서 범 시

多少寬平好田地,　山翁方始會開眉.
다 소 관 평 호 전 지　　산 옹 방 시 회 개 미

　　시인은 하북河北의 범양范陽 사람인데 30여 세에 하남河南
으로 여행을 하다가 마음이 끌리어 낙양洛陽 교외의 이수伊水
가에 눌러 살았다. 그는 엉성한 집에 소박한 살림이었지만 늘
즐겁게 지내면서 자기가 사는 곳을 '편안하고 즐거운 움막'
이란 뜻의 안락와安樂窩라 하고 자신의 호를 안락선생安樂先
生이라 하였다. 그의 시집인 『이천격양집伊川擊壤集』을 펴 보
면 '안락와'에서의 즐거운 생활을 읊은 시들이 무척 많다. 그
는 매일 향불을 피워놓고 앉아 세상 원리를 생각하다가 때가
되면 술 서너 잔을 따라 마시고 얼큰한 기분을 즐겼다. 그리
고 때때로 가슴에 서리는 정과 생각을 시로 읊었다. 위 시에

서는 "봄의 따스하고 가을의 시원한 날씨 되면, 바로 내가 동쪽으로 가서 놀고 서쪽으로 가서 뱃놀이하는 때라네." 하고 노래하고 있지만, 실은 봄 가을 같은 좋은 날씨에는 흔히 작은 수레(小車)를 홀로 몰고 낙양성 쪽으로 가서 마음 내키는 대로 돌아다니면서 놀았다 한다. 성 안팎의 사대부士大夫들은 그의 작은 수레바퀴 소리를 알아듣고는 서로 앞 다투어 그를 맞아 함께 즐겼다 한다. 그에게는 「작은 수레의 노래(小車行)」라는 다음과 같은 시가 있다.

술 취하는 것 좋아하는데 어찌 천 날 취하게 하는 술이 없겠느냐?
봄날을 아끼고 보니 사철 꽃이 주변에 피어있네.
작은 수레가 가는 곳마다 사람들이 반겨주니
낙양성 가득한 모두가 우리 집만 같네.

喜醉豈無千日酒? 惜春還有四時花.
희 취 기 무 천 일 주   석 춘 환 유 사 시 화

小車行處人歡喜, 滿洛城中都似家.
소 거 행 처 인 환 희   만 락 성 중 도 사 가

그는 자기가 사는 고장, 자기가 태어난 송宋나라가 가장 평화로운 살기 좋은 나라라고 여기었다. 많은 사람들이 좋아하

고 잘 읽는 송강宋江을 우두머리로 하는 호걸豪傑들의 얘기를
쓴 명明대의 소설 『수호전水滸傳』을 펴보면 얘기를 시작하기
전의 서문이라 할 수 있는 설자楔子 맨 앞머리에 소옹의 시를
한 편 인용하고 있다. 북송의 건국과 태평스런 세상을 이끈
그 나라의 정치를 칭송한 시이다. 그 시를 아래에 소개한다.

어지러운 오대의 난리가 이어지더니,
하루아침에 구름 걷히고 다시 하늘이 드러났네.
풀과 나무는 백 년을 두고 새로운 비와 이슬 맞게 되었고,
책 실은 수레는 옛 강산에 만 리나 늘어서 있네.
백성들 사는 마을에도 비단옷이 널려 있고,
이곳저곳 누각에선 풍악 소리 들려오네.
온 세상 태평하고 별일 없는 세월이라
어디에나 꾀꼬리 울고 꽃 피어 있으니 해가 높이 뜨도록 잠
을 자네.

紛紛五代亂離間,　一旦雲開復見天.
분분오대난리간　　일단운개부견천

草木百年新雨露,　車書萬里舊江山.
초목백년신우로　　거서만리구강산

尋常巷陌陳羅綺,　幾處樓臺奏管絃.
심상항맥진라기　　기처루대주관현

天下太平無事日,　鶯花無限日高眠.
천하태평무사일　　앵화무한일고면

이 시는 소옹의 문집인 『이천격양집伊川擊壤集』 권15에 실려 있는 「성대한 교화教化를 보면서 읊음〔觀盛化吟〕」이란 작품이다. 문집의 시와 몇 글자 다른 구절이 있으나 대의를 파악하는 데에는 큰 차이가 없어서 그대로 옮겨 놓았다. 오대五代의 어지러운 세상을 뒤이은 송나라의 평화롭고 풍성하게 백성들이 잘살고 있는 모습을 노래하고 있다. 소옹은 자기 생활 주변이 화평하고 즐거움은 물론 그가 살고 있는 나라의 정치도 잘 되어 온 사회가 풍유하고 즐거움 속에 태평을 누리고 있다고 생각하였다.

시인 소옹은 "매일 향불을 피워놓고 앉아 세상 원리를 생각한다."고 하였는데, 특히 수리數理를 응용하여 우주 만물의 기본 원리를 추구하여 유명하다. 그는 연구결과를 62편篇의 『황극경세서皇極經世書』와 『외편外篇』 상上·하下로 남기고 있다. 그의 수리數理의 바탕은 『주역周易』의 태극太極(1)·음양陰陽(2)·사상四象·팔괘八卦 및 육십사괘六十四卦에 두고 있다. 그중 시간의 흐름을 따진 일부분을 소개하면, 12신辰이 1일日, 30일이 1개월個月, 12개월이 1세歲이다. 따라서 1세는 12개월이고, 360일이며, 4,320신이다. 소옹은 이수를 바탕으로 원元·회會·운運·세世의 수를 산출하고 있다. 곧 30세歲가 1세世이고, 12세世가 1운運이며, 30운이 1회會이고, 12회가 1원元이다. 그러므로 1원은 12회이고, 360운이며, 4,320세인데, 시간이 이렇게 흐르면 천지天地가 다시 새로워진다는 것이다. 시간과 역사는 이러한 방법으로 되풀이되며 돌아가고 있다는 것이다. 소옹은 이러한 수리로 만물의 생성生成과 천지天地의 존속 및 사람들이 사는 세상이 다스려지는 원리와 인생론 등을 풀이해 나가고 있다. 그의 이러한 수리철학數理哲學은 중국 학술사상에도 크게 공헌하고 있다. 그의 철학이 송대 이학理學, 곧 신유학新儒學이 발전하는 계기가 되었기 때문이다.

이처럼 언제나 향을 피워놓고 앉아서 수리를 바탕으로 우주 만물의 원리를 연구하다가 지치면 쉬면서 술을 한 잔 마시고 시를 읊고, 혹 날씨가 좋으면 작은 수레를 손수 몰고 나가 마음 내키는 대로 낙양 땅을 돌아다니면서 아름다운 세상을 즐긴다. 그가 사는 곳은 '안락한 움막'이고, 나라의 정치도 잘 되어 온 세상이 화평하고 온 백성들이 잘살고 있으니 그 스스로가 '안락선생'이다. 모든 세상일이 즐거우니 자신이 늙어가고 있는 것도 기쁠 수밖에 없다. 그의 주변에는 기쁘지 않은 일이 있을 수가 없다.

우리에게 세상을 행복하게 살아가는 법을 잘 일러주는 것이 소옹의 시이다. 우리는 그의 생활철학을 배워야 한다. 되도록 자기 주위의 일들은 공사를 막론하고 긍정적으로 받아들여야 한다. 세상 사람들과 늘 즐겁게 어울려야 한다. 그리고 자기가 할 일에 몰두하여 살아가야 한다. 그렇게만 한다면 자기가 늙어가고 있는 것도 기쁨이 될 것이다.

2014. 10. 27

5

지렁이를 읊은 시

중국 북송北宋시대 시인들의 시를 읽어보면 당唐대의 시인이라면 절대로 생각해보지도 않았을 자기 주변의 하찮은 잔벌레나 작은 일에도 시적인 관심을 보이고 있다. 그러한 북송 시의 새로운 흐름을 이끈 북송 초기 매요신(梅堯臣, 1002-1060)의 시에는 심지어 사람들이 말만 들어도 징그러워하는 '지렁이'를 읊은 시가 있다. 아래에 그의 「지렁이(蚯蚓)」 시를 먼저 번역 소개한다.

지렁이는 진흙 굴 안에 있는데,

몸을 내밀거나 움츠리거나 늘 그 속에 차 있는 것 같네.

용이 틀임을 하듯 역시 틀임을 하고

용이 울음 울듯 역시 울기도 하네.

스스로 말하기를 용과 견주어보고 싶지만

머리에 뿔이 없는 게 한이 된다네.

청개구리는 서로 도와주고 있는 것 같으니

풀뿌리에 박혀 우는 소리 멈추지 않고 있네.

시끄러워 나는 잠도 못 이루고

밤마다 날이 밝기만을 기다리네.

하늘과 땅은 그런 것들 감싸서 길러주고 있거늘

오직 사람들 마음만이 그것들 미워하고 있다네.

蚯蚓在泥穴, 出縮常似盈.
구 인 재 니 혈   출 축 상 사 영

龍蟠亦以蟠, 龍鳴亦以鳴.
용 반 역 이 반   용 명 역 이 명

自謂與龍比, 恨不頭角生.
자 위 여 용 비   한 불 두 각 생

螻蟈似相助, 草根無停聲.
루 곡 사 상 조   초 근 무 정 성

聒亂我不寐, 每夕但欲明.
팔 란 아 불 매   매 석 단 욕 명

天地且用畜, 憎惡唯人情.
천 지 차 용 축   증 오 유 인 정

이 시에 보이는 '루괵蝼蝈'이란 벌레는 '청개구리'라고도 하고, 봄에 풀밭에서 우는 귀뚜라미 종류의 벌레의 일종이라고도 한다. 정말 땅속에서 지렁이가 울 때 이 '루괵'이란 벌레도 함께 울어 지렁이 울음소리를 더 시끄럽게 하고 있는지는 알 수가 없는 일이다. 그러나 그대로 받아들여도 시의 뜻을 파악하는 데에는 아무런 지장이 없다.

중국 고전문학의 중심을 이루는 시는 북송시대(960-1127)에 이르러 흔히 가장 훌륭하다고들 하는 당唐나라(618-907) 때의 시보다도 한층 더 발전을 이룬다. 특히 북송시대에 와서는 시인들이 자기 자신뿐만이 아니라 세상과 세상 사람들에 대하여 보다 깊은 관심을 지니게 된다. 따라서 나랏일이나 백성들의 생활은 물론 자기 주변의 모든 일에 대하여 관심을 기울이게 된다. 당나라 현종玄宗의 천보天寶 14년 '안록산安祿山의 난'이 일어난 뒤로는 두보(杜甫, 712-770) 같은 시인들이 전란의 참상을 직접 체험하고는 전란 속의 처참한 실상이나 백성들의 고난 같은 현실적인 문제에 눈을 돌리기 시작하였다. 그러나 지식인으로서의 현실 감각이 북송시대 시인들만치 철저하지는 못하였다. 북송시대 시인들은 정치나 사회의 문제뿐만이 아니라 사람들 주변의 문제나 자기 주변의 일들 모든 것들에 대하여 관심을 기울이기 시작하였다. 당대의 대시인 왕유(王維, 700-760)나 이백(李白, 701-762)처럼 자기 홀로 아름다운 산수나 하늘의 달을 즐기며 술이나 마시고 취하는 시인들이 아니었다. 송대의 시인들은 사람들 주변의 모든 일에 관심을 기울이었다. 사람들과 연관되는 모든 일에 관심을 보였다. 그러기에 매요신의 시집을 보면 지렁이 이외에도 사대부라면 입에 담기도 쉽지 않았을 이와 벼룩을 읊은 시가 있고 모기, 파리 같은 사람들을 괴롭히는 벌레를 읊은 시도 있다. 그런 시 중 거미를 읊은 「영지주詠蜘蛛」라는 짧은 시가 있기에 한 편 더 소개한다.

> 하루에 한 자 넓이의 그물을 치니
> 몇 자 길이의 실을 토하는지 알 만하네.
> 여러 벌레들이 모두 네 먹잇감이라지만
> 많은 너희들 배는 늘 매우 고플 것이네.

日結一尺網, 知吐幾尺絲.
일 결 일 척 망　　지 토 기 척 사

百蟲爲爾食, 九腹常苦饑.
백 충 위 이 식　　구 복 상 고 기

그물만 쳐놓고 가만히 앉아서 먹잇감이 와서 걸려주기를 바라고 있는 거미의 살아가는 방법이 별로 마음에 들지 않았던 것 같다. 어떻든 이런 벌레에게까지도 관심을 기울이는 송대의 시인들의 시는 당시에 비하여 멋지고 아름답지 않을지 모르지만 당대 시인들에 비하여 더 인간적인 것 같다. 이런 벌레를 읊으면서도 그 시에 자기의 철학을 담으려고 애썼던 것 같다. 지렁이를 읊은 시에서도 "하늘과 땅은 그런 것들 감싸서 길러주고 있거늘, 오직 사람들 마음만이 그것들 미워하고 있다네." 하고 시를 끝맺고 있다. 지렁이 모습을 징그럽게 여기고 지렁이 울음소리가 싫어서 지렁이를 미워하는 그릇된 사람들의 태도를 지적하고 있는 것이다. 지금 우리나라의 지렁이가 많은 밭은 농약을 별로 쓰지 않은 청정한 밭이라고 한다. "하늘과 땅이 지렁이를 감싸서 길러주고 있듯이" 사람들도 그런 자연의 것들을 감싸주고 길러주는 마음가짐을 지녀야만 한다는 것이다.

6

중국 시인의 딸 사랑

중국에서는 옛날부터 여자를 가벼이 보는 경향이 있었다. 심지어 중국에서 경전으로 높이 받들어온 『논어論語』를 보아도 공자가 "오직 여자와 소인은 다루기 어렵다.〔唯女子與小人, 爲難養也.〕"는 말을 하고 있다. 자식은 아들을 낳아야지 딸은 시집가면 남의 식구가 되어버리기 때문에 자기 집안의 대를 잇지 못하는 쓸 데가 없는 존재라고 믿었다. 딸은 낳아서 잘 키워놓아 보아야 결국은 남에게 좋은 일이나 하고 말게 된다고 생각하였다.

그러나 사람뿐만이 아니라 동물은 수컷만으로는 자기 종

족을 번식시킬 수도 없거니와 이 세상을 살아가기도 어렵다. 그러기에 우리가 아는 한 사람들은 태곳적부터 남녀가 만나 짝을 지어 결혼을 하고 살았다. 그런데 아주 옛날이나 지역에 따라서는 여성우위의 시대나 여성들이 세상을 지배하는 부족이 있었다고 하지만, 중국의 경우는 유사시대 이래로 남성 우위의 사회였다. 남자들은 본부인 이외에도 여러 명의 첩을 거느릴 수가 있었고, 본부인도 아들을 낳지 못하면 제 대접을 받는 수가 없었다.

중국에는 서기 기원전 10세기 무렵부터 지금 우리가 쓰는 한자를 사용하여 왔고, 중국의 전통문학은 시를 중심으로 그때부터 시작하여 꾸준히 발전하여 왔다. 그리고 그 시는 서사敍事는 배척하고 서정시抒情詩가 창작의 중심을 이루어왔다. 그리고 시가의 서정은 그 중심을 이루는 것이 세계 어디를 가나 남녀 사이의 연정戀情이다. 그러나 옛날 중국 사람들의 부부는 본인들의 사랑으로 맺어지는 것이 아니다. 부부가 되는 두 사람의 사랑 같은 감정과는 아무런 상관도 없이 부모가 엮어주는 대로 남녀가 짝이 지워져 부부가 되는 것이다. 그리고 부부가 된 뒤의 생활은 '예'에 따른다. 그래서 "부부 사이에는 분별이 있어야 한다.〔夫婦有別〕"고 옛날부터 가르쳤다. 때문에 수천 년의 역사를 두고 성행하여 온 중국의 서정시 중에는 부부 사이의 사랑의 정을 바탕으로 한 작품이 극히 적다.

중국에서 가장 유명한 연정소설의 하나가 당唐나라 때의 전기傳奇라고 하는 원진(元稹, 779-831)이 지은 「앵앵전鶯鶯傳」이라는 단편소설일 것이다. 이 소설은 뒤에 유명한 원元대의 잡극雜劇 「서상기西廂記」의 대본이 된 젊은이의 사랑을 주제로 한 작품이다. 그 소설의 주인공 장생張生이란 젊은이는 과거를 보러 가다가 도중 보구사普救寺라는 절에서 양갓집 규수인 앵앵鶯鶯을 만나 우여곡절 끝에 사랑에 빠진다. 이들은 장래를 굳게 약속하며 사랑에 빠져 밤마다 잠자리까지 함께 하다가 장생은 애인을 버려둔 채 다시 과거를 보러 장안長安으로 떠나간다. 이들은 헤어진 뒤 자신들의 사랑의 언약은 거들떠보지도 못하고 다시 각각 부모의 안배로 제각기 결혼하여 잘살게 된다. 그런데 이 소설 끝머리에 가서 장생은 "세상의 빼어난 물건들이란 그 스스로 요괴 짓을 하지 않으면 반드시 남을 요상하게 만들기라도 하는 법이다."고 하면서 절세의 미인인 애인 앵앵을 버리고 정식으로 장가를 든 까닭을 말하고 있다. 그리고 다시 이 애인을 버리고 떠나간 장생을 두고 작가는 "그때 사람들은 장생을 평하기를 지난 잘못을 잘 바로잡은 사람〔善補過者〕이라 칭찬하였다."고 코멘트를 하고 있다. 이것이 옛날 중국 사람들의 일반적인 부부관夫婦觀 및 남녀관을 잘 말해주고 있다.

이렇게 장가를 든 중국 남자들에게 자기 부인에 대하여 애틋한 사랑이 싹트기 쉽지 않다. 게다가 몇 년 지나고 보면 자기 부인보다 더 젊고 이쁜 여자들을 얼마든지 첩으로 거느릴수가 있다. 때문에 중국에는 수천 년을 두고 수많은 시인들이 나와서 남자와 여자 사이의 사랑의 문제를 주제로 한 시를 지었지만 자기 부인에 대한 사랑을 노래한 시인은 극히 드물다. 그리고 자기 자식 중에서도 아들이 아닌 딸에 대한 사랑을 노래한 경우도 극히 드물다.

그런데 그 많은 중국의 시인들 중에 내가 좋아하는 백거이(白居易, 772-846)만은 다르다. 나는 당나라 시대의 시인 중에서도 백거이는 사람들의 여러 가지 어려운 문제와 사람들이 사는 여러 가지 세상일 같은 것을 보다 진지하게 파고들며 그것을 시로 읊었다고 생각되어 그의 시를 좋아한다. 그의 생활 태도도 지금 우리가 본뜰만한 점이 많다고 생각하고 있다. 그는 가난하고 힘없는 백성들에게도 많은 관심을 기울이고 그들에 관한 시를 썼는데, 여자들에 대한 관심도 역시 약자를 대하는 같은 마음이 작용하였던 것 같다. 그의 아내와 딸에 대한 태도도 다른 중국의 지식인들과는 달랐다. 그에게는 「아내에게 써 줌〔贈內〕」·「아내에게 부침〔寄內〕」·「배에서 밤에 아내에게 보냄〔舟夜贈內〕」 등 여러 편의 자기 아내를 상대로 지은 시가 있다. 아내를 무척 사랑하고 아꼈기 때문일 것이다. 그는 늦게 30대에 양씨楊氏에게 장가들었다. 그는 당나라 현종玄宗과 양귀비楊貴妃의 사랑을 노래한 「장한가長恨歌」와 배를 타고 가다가 어떤 기생이 다른 배에서 비파琵琶를 타는 소리를 듣고 찾아가 그녀와 술을 마시며 그녀의 연주소리를 듣고 지은 「비파행琵琶行」같은 멋진 긴 시를 지은 낭만적인 성격의 소유자다. 그럼에도 불구하고 자기 아내와 딸은 진심으로 사랑한 것 같다.

그는 장가든 뒤 곧 원화元和 4년(809)에 금란金鑾이란 딸을 낳는다. 그런데 이처럼 늦게 얻은 귀여운 딸이 세 살 때(811) 죽는다. 시인 백거이는 딸의 돌날을 맞아 그 기쁨을 노래한 「딸 금란의 돌날〔金鑾子晬日〕」이란 시가 있고, 그 딸이 죽은 뒤에 읊은 「딸 금란을 생각하며〔念金鑾子〕」 이수二首와 「병중에 딸 금란을 곡함〔病中哭金鑾子〕」 및 「다시 죽은 딸을 가슴아파함〔重傷小女子〕」이라는 시가 있다. 끝머리 죽은 딸을 가슴 아파하는 시를 보기로 들어 아래에 우리말로 옮겨 소개한다.

사람이 말을 배우며 침대에 기대어 걸을 적에는
곱기가 꽃송이 같고 귀엽기 옥과 같다네.
겨우 사랑을 아는 세 살이 되어
동서도 분간 못하면서 일생을 마쳤다네.

너는 하상下殤¹이 아니라서 장례도 치르지 못하였는데,

나는 성인이 아니거늘 어찌 슬픈 정을 잊겠는가?

가슴 아프게 스스로 자기 둥지 잘 간수하지 못한 비둘기처럼 탄식하는데,

어린 병아리 떨어뜨려 죽이어 기르지 못하게 된 때문이라네.

學人言語憑牀行, 嫩似花房脆似瓊.
학 인 언 어 빙 상 행　　눈 사 화 방 취 사 경

纔知恩愛迎三歲, 未辨東西過一生.
재 지 은 애 영 삼 세　　미 변 동 서 과 일 생

汝異下殤應殺禮, 吾非上聖詎忘情?
여 이 하 상 응 살 례　　오 비 상 성 거 망 정

傷心自歎鳩巢拙, 長墮春雛養不成.
상 심 자 탄 구 소 졸　　장 타 춘 추 양 불 성

「금란의 돌날에〔金鑾子晬日〕」 시에서 딸은 귀찮기만 한 존재라고 말하면서도 딸에 대한 사랑을 노래하고는 끝머리에 "만약 일찍이 죽는 재난만 없다면, 곧 시집을 보내야 할 책임이 있으니, 나의 산속으로 들어가 살려는 계획도, 15년은 늦

---

1 下殤은 사람이 어른이 되지 못하고 죽는 것. 19歲에서 16歲 사이에 죽는 것을 長殤, 15歲에서 12歲 사이는 中殤, 11歲에서 8歲 사이에 죽는 것을 下殤이라 하였다. "下殤이 아니라"는 것은 8歲도 되기 전에 죽은 것이다.

추어지겠네.〔若無夭折患, 則有婚嫁牽. 使我歸山計, 應遲十五
年.〕"하고 읊고 있다. 딸 때문에 세상일로부터 손을 떼는 시
기를 15년이나 늦추게 된다는 것은 기쁨인 것 같다. 그러나
돌날에 "일찍 죽는" 요절夭折을 입에 담아 3살 때 죽은 것 같
은 느낌도 든다. 어떻든 자신도 앓고 있다가 딸의 죽음을 듣
고 슬퍼한 「병중에 딸 금란을 곡함〔病中哭金鑾子〕」 시에서는
"누워있다 놀라서 베개 밀치고, 부축받고 곡하며 등불 앞으로
다가가네.--- 사랑의 눈물은 울음소리 따라 터져 나오고, 슬
픈 창자는 물건을 대할 적마다 저려오네. 입던 옷 아직도 옷
걸이에 걸려있고, 먹다 남은 약은 그대로 머리맡에 있네.〔臥
驚從枕上, 扶哭就燈前.--- 慈淚隨聲迸, 悲腸遇物牽. 故衣猶架
上, 殘藥尙頭邊.〕"하며 통곡하고 있다. 딸이 죽은 지 3년 되던
해에 지은 「딸 금란을 생각하며〔念金鑾子〕」 시에서도 "하루
아침에 날 버리고 가버리니, 혼이고 그림자고 있을 곳도 없게
되었네. 더욱이 어려서 가버릴 적 생각해 보니, 조잘조잘 말
을 배우기 시작할 적이었지. 비로소 알게 된 것은 골육 사이
의 사랑이란, 바로 걱정과 슬픔을 몰아오는 것이라는 것일세.
〔一朝捨我去, 魂影無處所. 況念夭化時, 嘔啞初學語. 始知骨肉
愛, 乃是憂悲聚.〕"하며 슬퍼하고 있다. 40세에 읊은 「자각自
覺」 시의 제2수에서 "아침에는 마음으로 사랑하던 애 죽음을
곡하고, 저녁에는 마음으로 친애하던 어머니 가시어 곡하였

네.〔朝哭心所愛, 暮哭心所親.〕”하고 읊은 것도 어머니와 함께 죽은 금란을 슬퍼한 것이다. 시인은 오래도록 사랑하는 딸을 가슴속에 간직하고 있었다. 앞에 소개한 「다시 죽은 딸을 가슴아파함〔重傷小女子〕」이라는 시를 지은 것은 이상할 게 없는 일이다.

백거이는 몇 년 뒤에 다시 아라阿羅라는 딸을 낳아 장성한 다음 담씨談氏 집안으로 시집을 보냈는데, 시집가서 딸을 낳았다. 시인은 곧 외손녀를 본 기쁨을 시로 노래하고 있다. 「소세일²에 담씨 집안의 외손녀가 만 한 달이 됨을 기뻐함〔小歲日喜談氏外孫女孩滿月〕」이란 시인데 “품 안에 안아줄 아이라면, 어찌 꼭 남자아이여야 하겠는가?〔懷中有可抱, 何必是男兒?〕” 하고 시를 끝맺고 있다. 아들이든 딸이든 자기 밑의 아이들은 모두가 사랑스러운 자식이라는 것이다.

이처럼 자기 부인과 딸을 사랑하는 시를 읊은 것은 중국의 경우 흔치 않은 일이다. 그는 중국사회에서 약자인 여자를 무척 아끼고 있었다. 끝으로 이를 증명하는 백거이의 시 「부인들의 괴로움〔婦人苦〕」을 아래에 소개한다.

　　검은 머리를 정성껏 빗고

2 小歲日은 冬至 뒤 세 번째 戌日에 지내는 臘祭 다음 날임.

눈썹을 마음 써서 다듬으며,

몇 번 새벽 화장을 해도

남편은 보고서 좋다는 말하지 않네.

부인은 몸이 같은 무덤에 묻히게 될 것을 중히 여기는데,

남편 마음은 함께 늙게 되는 것을 가벼이 여기고 있네.

섭섭한 사정을 안고 지난 몇 년 동안

마음으로는 알면서도 말할 수가 없었네.

오늘에야 입을 열게 되었으니

적은 말이지만 뜻은 얼마나 깊은가?

바라건대 다른 일을 끌어다 말하지마는

남편의 지금 마음 바꾸어주게 되기를!

사람들 말하기를 부부관계는 친밀하여

뜻이 한 몸처럼 합쳐진다 하였네.

그러나 살다가 죽는 때에 이르기까지

어찌 괴로움과 즐거움을 같이 할 수 있는가?

부인은 한 번 남편을 잃으면

평생을 홀로 외로움을 지키니,

마치 숲속의 대나무 같아서

갑자기 바람이 불어 꺾이어지게 되면

한 번 꺾어진 채 다시 살아나지 못하고

말라 죽게 되더라도 여전히 절개는 지닌다네.

남편이 만약 아내를 잃게 된다면

잠시 마음이 아프지 않을 수야 있겠는가?
그러나 문 앞의 버드나무처럼
봄이 되면 쉽사리 활기가 들어나
바람이 불어 한 가지가 꺾어져도
또 다른 한 가지가 살아나게 된다네.
남편에게 간곡히 말한 것이니
남편께선 잘 들어주기 바라네.
모름지기 부인의 괴로움 알고
이제부터는 가벼이 대하지 않기를!

蟬鬢加意梳, 蛾眉用心掃.
선 빈 가 의 소　　아 미 용 심 소

幾度曉粧成, 君看不言好.
기 도 효 장 성　　군 간 불 언 호

妾身重同穴, 君意輕偕老.
첩 신 중 동 혈　　군 의 경 해 로

惆悵去年來, 心知未能道.
추 창 거 년 래　　심 지 미 능 도

今朝一開口, 語少意何深?
금 조 일 개 구　　어 소 의 하 심

願引他時事, 移君此日心!
원 인 타 시 사　　이 군 차 일 심

人言夫婦親, 義合如一身.
인 언 부 부 친　　의 합 여 일 신

及至死生際, 何曾苦樂均?
급 지 사 생 제　　하 증 고 락 균

婦人一喪夫, 終身守孤子.
부인일상부　종신수고혈

有如林中竹, 忽被風吹折,
유여임중죽　홀피풍취절

一折不重生, 枯死猶抱節.
일절부중생　고사유포절

男兒若喪婦, 能不暫傷情?
남아약상부　능불잠상정

應似門前柳, 逢春易發榮.
응사문전류　봉춘이발영

風吹一枝折, 還有一枝生.
풍취일지절　환유일지생

爲君委曲言, 願君再三聽!
위군위곡언　원군재삼청

須知婦人苦, 從此莫相輕!
수지부인고　종차막상경

2015. 4. 22

7

이욱(李煜)의 「어부사(漁父詞)」

중국문학사상 가장 아름다운 '사' 작품을 남긴 유미주의적인 작가로 오대(五代, 907-979) 남당南唐의 임금이었던 이욱(937-978)이 있다. '오대'는 온 세계에 위세를 떨친 당唐나라(618-907)가 망하고 서기 기원 960년 북송北宋나라 태조太祖 조광윤趙匡胤이 임금으로 즉위한 뒤 여러 해 뒤까지의 시대를 이른다. 이 70년 남짓한 짧은 기간에 모두 십여 나라들이 생겨났다 망하였는데 남당(937-976)은 그중의 한 나라이다. 남당은 이욱의 할아버지 이변李昪이 세웠고, 아버지 이경李璟이 뒤이었다가 죽은 뒤 이욱이 이어받았다. 이경을 남당의 중주

中主, 이욱을 후주後主라 부르는데, 부자가 모두 아름다운 사의 작가로 알려져 있다. 이 '후주'는 임금 자리에 오른 지 14년 만에 북송나라의 공격을 받아 나라는 망하고, 북송 군대에 잡혀 북송 수도인 변경(汴京, 지금의 開封)으로 끌려가 있다가 2년 뒤에 죽었다.

남당은 장강長江 하류 남북 지방인 지금의 쟝수(江蘇)·안후이(安徽)·쟝시(江西)·저쟝(浙江)에 걸친 강남江南이라 부르던 땅이 비옥하고 물산이 풍부한 지역에 금릉金陵이라 부르던 지금의 난징(南京)을 수도로 하고 있었다. 남당은 천연의 요새라 할 수 있는 장강이 외국의 침략을 막아주어 이욱은 망국의 황제였지만 강남의 풍부한 재원을 바탕으로 하여 아무 일 없이 14년 동안 극도로 사치스럽고 화려한 궁중 생활을 누리었다. 그의 생활은 극도로 호사스러워서 황후의 궁전에는 전문으로 향을 피우는 여관女官이 있었고, 향로는 파자련把子蓮·삼운봉三雲鳳·용화정容華鼎 등 금과 옥으로 만든 수십 종의 명품이 있었으며, 향은 정향丁香·사향麝香·단향檀香 등 세상에 유명한 것들을 모두 모아서 썼다고 한다. 북송의 군대가 금릉을 점령했을 때 북송 장군이 남당의 아름다운 궁녀들을 잡아갔는데, 궁녀들은 장군의 방으로 들어서자마자 그을음 냄새가 지독하다면서 눈을 뜨지 못하였다 한다. 이에 당시에는 가장 호사스러웠던 촛불로 바꾸어 방을 밝히자 그을음 냄새가 더 지독하다면서 얼굴도 들지 못하더라는 것이다. 어찌 하는 수가 없어서 남당의 궁전에서는 밤에 어떻게 불을 밝혔느냐고 묻자, 방 한가운데에 커다란 보주寶珠를 걸어놓고 방 밖에 켜놓은 촛불 빛의 반사를 이용하여 대낮처럼 방안을 밝혔다고 대답하였다 한다. 그리고 임금은 모두 학문과 문학을 좋아하여 궁전에는 십여만 권의 책이 쌓여 있었고, 서화와 음악도 좋아하여 옛 유명한 작가들의 글씨와 그림도 무척 많이 수집되어 있었다 한다. 그리고 이욱이 만든 붓과 벼루·먹·종이 등은 북송 이후까지도 중국의 명품으로 전해졌다. 그중에서 보기를 들면, 그가 쓰던 종이인 징심당지澄心堂紙는 후세까지도 무척 존중되어 비싼 값이 매겨졌다. 이욱의 황후 대주후大周后는 비파琵琶의 명수였고, 당대 말엽에 전해지지 않게 되었다는 당나라 유일의 명곡인 예상우의곡霓裳羽衣曲도 그를 중심으로 다시 복원했었다고 한다. 남당의 세 임금은 '오대'라는 어지러운 세상 속에서도 강남의 풍부한 물산을 깔고 앉아서 극도의 호사스런 생활을 하면서 고도의 문화를 발전시키고 있었다. 그리고 중주와 후주의 부자는 당나라 말엽부터 이루어지기 시작한 새로운 자유로운 형식의 '사' 라는 시를 무척 아름답게 창작하여 송나라에 가서는 그 시대를 대표하는 새로운 형식의 시로 발전시키게 되는 터전을 마련하였다. 먼저 아름다운 표현을 다한 이욱의 사 「낭도사령浪淘沙令」을 보기로 한 수 든다.

발 밖에는 빗물 졸졸 내리고
봄기운은 스러져 가고 있다지만
비단 이불로 한밤의 추위 견디기 쉽지 않은 터에,
꿈속에선 몸이 객지에 있다는 것도 모르고
한동안 즐거움만을 탐하였네.

홀로 난간에 기대지 마라!
한없이 넓은 강산이 있다.
떠나오긴 쉬웠지만 다시 가긴 어려운 것을!
흐르는 물 위에 꽃잎 떨어지고 봄은 가고 있는데,
하늘나라와 이 세상인가?

簾外雨潺潺, 春意闌珊.
렴 외 우 잔 잔   춘 의 난 산

羅衾不耐五更寒, 夢裏不知身是客, 一餉貪歡.
나 금 부 내 오 경 한   몽 리 부 지 신 시 객   일 향 탐 환

獨自莫憑欄! 無限江山.
독 자 막 빙 란   무 한 강 산

別時容易見時難, 流水落花春去也, 天上人間?
별 시 용 이 견 시 난   유 수 낙 화 춘 거 야   천 상 인 간

이 사는 이욱이 북송에 잡혀가 있으면서 자기가 다스리던 강남땅을 그리는 한편 먼저 가버린 함께 즐기던 후비后妃들을 그리워하면서 지은 작품이다. 이렇게 처절하고 절실한 정을 보통 시로서는 이처럼 아름답게 표현하기 어렵다.

이처럼 호화로운 분위기를 즐기면서 살다가 지난날의 화려한 삶을 되새기던 이욱에게 고기를 잡는 어부들의 생활을 노래한 「어부漁父」라는 사가 두 수 있다. 이욱 같은 작가에게는 독특한 일이기에 다시 한번 무엇을 읊으려 한 것일까 음미해 보려는 것이다.

기일(其一)

> 물결은 뜻이 있는가 천 겹의 눈 더미를 이루고
> 복사꽃은 말없이 무더기로 한 봄을 꾸몄네.
> 술 한 병
> 낚싯대 하나,
> 세상에 나 같은 이 몇이나 있을까?

浪花有意千重雪, 桃花無言一隊春.
낭 화 유 의 천 중 설   도 화 무 언 일 대 춘

一壺酒, 一竿綸.
일 호 주   일 간 륜

世上如儂有幾人?
세 상 여 농 유 기 인

기이(其二)

한 개의 노로 봄바람 헤치며 한 조각 배 몰면서
한 가닥 낚싯줄에 한 개의 가벼운 낚시.
꽃은 물가에 가득하고
술은 사발에 가득.
만경창파 속에 거리끼는 것 없네!

一櫂春風一葉舟, 一綸繭縷一輕鉤.
일 도 춘 풍 일 엽 주   일 륜 견 루 일 경 구

花滿渚, 酒滿甌.
화 만 저   주 만 구

萬頃波中得自由!
만 경 파 중 득 자 유

적지 않은 사람들이 이욱은 임금이면서도 나라의 일이나
백성들의 삶 같은 데에는 전혀 관심이 없고 궁 안에서의 화려
한 잔치의 즐거움, 여인들과의 즐김과 애정 같은 것이나 노래
하다가 나라가 망한 뒤로는 즐거웠던 지난날을 그리워하며
망한 나라를 슬퍼하는 개인적인 세계만을 노래한 작가라고
비평하고 있다. 그가 망한 나라를 생각하는 것도 망국이 자신
의 멋진 생활과 즐거움을 함께 빼앗아 갔기 때문이다. 애국심
과는 거리가 멀다. 심하게 말하면 그는 다른 사람들에 대하여
는 관심조차도 별로 없었다고 할 수가 있다. 그러한 작가이기

에 그가 고기를 잡아 어렵게 먹고 사는 어부들의 생활에 관심을 지녔을 이가 없는 것이다. 그런데 그에게는 이상과 같은 두 수의 「어부」라는 작품이 있다. 많은 사람들이 이 「어부」사도 자기가 좋아하는 멋진 풍류를 추구하기 위하여 잡아본 주제에 불과한 것이지, 고기잡이를 하는 어려운 사람들의 생활에 대하여는 전혀 관심도 갖고 있지 않았던 사람이라고 한다.

그러나 왕궈웨이(王國維, 1877-1927)는 그의 『인간사화人間詞話』권상卷上에서 이욱의 사를 이렇게 평하고 있다. 먼저 "사는 이후주(욱)에 이르러 시계視界가 비로소 커지고 감정도 깊어져서 풍각쟁이들의 사를 변화시켜 사대부들의 사로 만들었다."[1]고 말하고는 다시 사의 작가는 '갓난아기의 마음(赤子之心)'을 잃지 말아야 하는데, 이욱은 궁중에 태어나 부인들의 손에 자랐기 때문에 갓난아기의 마음을 갖고 있어서 임금으로서는 단점이었지만 사의 작가로서는 장점이라고도 하였다. 다시 시에는 '객관적인 시(客觀之詩)'가 있고 '주관적인 시(主觀之詩)'가 있는데, 객관적인 시를 쓰는 사람은 세상일을 많이 경험하고 많이 알아야 하지만 "주관적인 시를 쓰는 사람은 세상일을 많이 경험할 필요가 없다. 세상의 경험이 적을수

---

1 詞至李後主, 而眼界始大, 感慨遂深, 遂變伶工之詞, 而爲士大夫之詞.

록 그의 성격이나 감정은 더욱 참되게 되는데, 이후주가 그런 분이다."[2]고도 하였다. 이 왕꿔웨이의 견해를 종합하면 첫째 이욱은 막 유행하기 시작한 중국의 새로운 시인 '사'를 풍각쟁이들의 것을 발전시키어 사대부들이 읊는 참된 시의 자리로 올려놓은 작가이다. 그리고 '갓난아기' 같은 지극히 순진한 마음을 가지고 세상일은 뒤로하고 '주관적인 시'를 쓴 사람이다.

이욱이 궁중에서 수많은 여인들을 거느리고 마음껏 즐기던 시절에 쓴 사를 읽어보면 그 사가 호화롭고 아름다울 뿐만 아니라 그의 즐거움 뒤에는 미진함과 허무감 및 슬픔 같은 것까지도 깃들어 있다. 그의 궁중 생활을 노래한 「보살만菩薩蠻」을 한 수 읽어보자.

구리 생황 소리 깨끗해서 찬 대가 부딪히어 내는 맑은 옥 소리 같고,
새로운 곡 어엿이 연주하느라 옥 같은 고운 손가락 움직이고 있네.
눈빛 몰래 서로 엉키자
추파 슬쩍 흘려주네.

---

2 主觀之詩人, 不必多閱世. 閱世愈淺, 則性情愈眞, 李後主是也.

깊은 수놓은 문 달린 방으로 가 즐기는데
미처 속마음은 어울리지 못하였네.
잔치 끝나자 또 텅 비게 되고
꿈속에 봄비 맞으며 헤매네.

銅簧韻脆鏘寒竹, 新聲慢奏移纖玉.
동 황 운 취 장 한 죽　　신 성 만 주 이 섬 옥

眼色暗相鉤, 秋波橫欲流.
안 색 암 상 구　　추 파 횡 욕 류

雲雨深繡户, 未便諧衷素.
운 우 심 수 호　　미 편 해 충 소

宴罷又成空, 迷夢春雨中.
연 파 우 성 공　　미 몽 춘 우 중

　　호화로운 삶 뒤의 허전함과 슬픔마저 느껴진다. 분에 넘치
는 사치를 추구하면서도 진실한 인간의 모습을 추구하였음에
틀림이 없다. 그의 정서가 '주관적'임에는 틀림이 없고, '갓
난아기의 마음'은 과장인 것 같지만 적어도 깨끗한 마음의 소
유자였음에도 틀림이 없다.
　　위의 「어부」사는 확실히 고기 잡아먹고 사는 어부의 생활
과는 무관한 작품이다. 그러나 비교적 순진한 마음을 지닌 작
가 이욱은 늘 궁중의 향락에 만족을 못하면서 한편 진실한 인
간의 모습을 추구하고 있었다. 마침 그의 강남 지역에 많은
어부의 모습을 떠올리고, 그 어부를 통하여 자연과 함께 어울

리고 있는 참된 인간의 모습을 추구하여 본 것이다. 곧 이욱의 「어부」사의 어부는 작가가 추구하고 있는 참된 인간의 모습인 것이다. 앞의 어부는 복사꽃이 만발한 물결치는 넓은 강물 위의 조각배에서 술 한 병과 낚싯대 하나 들고 낚시질을 하고 있다. 아무런 더 이상의 바람도 욕심도 없다. 아무런 세상의 거리낌이란 없다. 그러니 스스로 "세상에 나 같은 이 몇이나 있을까?"고 하는 말이 흘러나오고 있는 것이다. 둘째 어부는 봄바람 속에 조각배의 노를 저으며 작은 낚싯바늘이 달린 낚싯대를 들고 낚시질을 하고 있는데, 강가에는 꽃이 만발이고 옆의 사발에는 술이 넘치게 담겨있다. 그러니 스스로 "만경창파 속에 거리끼는 것 없네!" 하고 소리치고 있는 것이다. 萬頃波中得自由!(만경파중득자유)라는 원문은 번역문보다도 훨씬 아무런 거리낌도 없는 진실로 자유로운 인간의 모습을 잘 드러내 보이고 있다.

앞에 인용한 왕꿔웨이(王國維)의 『인간사화人間詞話』에서는 다시 뒤이어 이런 말을 하고 있다.

"니체(Nietzsche, 1844 - 1900)는 말하기를 '모든 문학작품은 자기 피로 쓴 것을 나는 좋아한다.'고 하였다. 이후주의 사는 정말로 이른바 자기 피로 쓴 것이다. 송나라 휘종徽宗 황제(1101 - 1125)의 「연산정燕山亭」사도 대략 비슷하기는 하

다. 그러나 휘종은 자기 신세의 서러움을 스스로 읊은 것에
불과하다. 이후주에게는 엄연히 석가모니나 예수가 인류의
죄악을 스스로 짊어지려고 하던 것과 같은 뜻이 있으니, 그
크기에 있어서 전혀 같지 않은 것이다." ³

　이욱의 사에 실린 정이나 뜻을 석가모니와 예수에게 비유
하는 것은 지나친 칭찬임에 틀림이 없다. 그러나 이욱의 순수
한 감정을 기리려다 표현이 지나쳤다고 보면 될 것이다. 특히
'어부'를 읊은 사에서는 그런 어린아이 같은 순수하고 참된
마음이 느껴진다.

2015. 1. 1

---

3 王國維 『人間詞話』 卷上; "尼采謂; '一切文學, 余愛以血書者.' 後
主之詞, 眞所謂以血書者也. 宋道君皇帝「燕山亭」詞亦略似之. 然道
君不過自道身世之戚, 後主則儼有釋迦基督擔荷人類罪惡之意, 其
大小固不同矣."

8

진시황(秦始皇)의 무덤

　　당나라 시인 왕유(王維, 699-761)가 쓴 「진시황의 묘를 찾아
가서〔過秦始皇墓〕」를 읽으면 1991년 시안(西安)의 진시황 무
덤을 찾아가 거기에서 발굴한 병마용兵馬俑을 구경하던 생각
이 다시 떠오른다. 그곳 땅속 구덩이에 줄지어 서있는 수많은
흙을 구워 만든 모습이 모두가 서로 다른 병사들과 그 속에서
함께 나왔다는 병거兵車와 무기 등은 그저 놀랍기만 하였다.
보병과 기병 모두 합쳐 7,000여 명이라는 병사들은 실물보다
약간 더 컸고, 발굴된 넓고 긴 구덩이는 세 개가 있었다. 지금
남아있는 진시황(B.C. 246-B.C. 211 재위)의 무덤 봉분만도 높

이가 50미터, 둘레가 1.5킬로미터에 이른다는 작은 산처럼 보이는 거대한 묘이다. 그런데 이 병마용은 봉분에서 상당히 멀리 떨어진 밭에서 농부가 샘을 파다가 발견한 것이라니 진시황의 무덤의 땅속 규모는 우리로서는 상상하기도 어려운 기가 막히게 큰 것이다. 병마용은 그 일부가 드러난 것에 불과할 것이다.

그런데 왕유의 시를 읽어보면 이미 당나라 때에도 사람들이 진시황의 무덤의 엄청난 규모에 대하여 알고 있었다. 아래에 그 시를 소개한다.

오래된 무덤은 푸른 산을 이루었고,
땅속의 궁궐은 천제天帝 계시는 궁전 본떴다네.
위쪽에는 해와 달과 별들이 박혀있고,
아래쪽에는 은하가 흐르고 있다네.
바다도 있다고 하지만 사람들이 어찌 건너다니겠는가?
봄가을이 없으니 기러기도 찾아 돌아오지 않는다네.
더욱이 소나무 바람소리 애절하게 들리니,
진시황에게 대부大夫 벼슬 받은 소나무가 슬퍼하는 것만 같네.

古墓成蒼嶺,　幽宮象紫臺.
고 묘 성 창 령　유 궁 상 자 대

星辰七曜隔, 河漢九泉開.
성 신 칠 요 격　　하 한 구 천 개

有海人寧渡? 無春雁不廻.
유 해 인 녕 도　　무 춘 안 불 회

更聞松韻切, 疑是大夫哀.
갱 문 송 운 절　　의 시 대 부 애

　"오래된 무덤은 푸른 산을 이루었다."는 것은 흙을 쌓아 만
든 봉분 모습이니 당나라 때나 지금이나 크게 달라질 수가 없
다. 그러나 바로 둘째 구절에서 "땅속의 궁궐은 천제天帝 계
시는 궁전 본떴다."고 노래하고 있다. 이미 그때부터도 무덤
의 땅속 규모는 밖에 보이는 봉분보다도 더 굉장함을 알고 있
었다. 바로 이어 무덤 속의 궁궐 모습을 "위쪽에는 해와 달과
별들이 박혀있고, 아래쪽에는 은하가 흐르고 있다."고 읊고
있다. 북위北魏 역도원(酈道元, ?-527)의 『수경주水經注』 위수
渭水편을 보면 진시황의 묘를 만들 때 위수 근처의 흙을 파내
어 쓰느라고 어지魚池라는 연못이 생겨났음을 설명한 다음 그
무덤 속의 모습을 다음과 같이 설명하고 있다. "위에는 하늘
모습과 별자리 모습(天文星宿之象)을 만들어놓고, 아래에는
수은을 가지고 장강長江·황하黃河·회수淮水와 제수濟水를
비롯하여 온갖 강물을 다 만들어 놓았다. 오악五嶽과 구주九
州가 다 갖추어진 땅의 형상이 다 갖추어졌고, 궁궐과 모든 관
청이며 기이한 그릇과 진귀한 보배가 그 속에 가득 채워졌

다." 곧 땅속에 진시황이 생각하고 있던 새로운 세상을 만들어 놓았다는 것이다. 그리고 뒤에 어떤 자가 도굴을 하려고 무덤 속으로 가까이 가면 기계장치가 그를 화살로 쏘아 죽이도록 되어있다고도 하였다. 진시황 무덤의 땅속에는 보통 사람들은 가까이할 수도 없는 굉장한 세상이 만들어져 있다는 것이다. 왕유도 『수경주』의 글을 읽었거나 이미 그의 시대에 그러한 소문이 세상에 널리 알려져 있었음이 분명하다. 왕유가 "위쪽에는 해와 달과 별들이 박혀있고, 아래쪽에는 은하가 흐르고 있다." 고 읊은 셋째와 넷째 구절은 『수경주』에 보이는 기록과 흡사하다. 왕유가 '바다도 있다고 하지만 사람들이 어찌 건너다니겠는가?' 하고 읊은 것은 그곳은 일반 사람으로서는 가까이 갈 수도 없는 것임을 뜻하기도 할 것이다.

지금 드러나 있는 '병마용'은 진시황이 땅속에 만들어 묻어놓은 물건의 극히 일부임이 분명하다. 진시황이야말로 보통 사람으로서는 생각하기조차도 어려운 굉장한 인물이다. 진시황은 중국의 역사상 처음으로 장강 유역 남쪽 지방까지도 북쪽에 합쳐 진짜 천하통일을 이룬 황제이다. 그리고 서북쪽 오랑캐들의 침입을 막기 위하여 백성들을 강제 동원하여 유명한 만리장성萬里長城을 쌓았다. 이에 한족은 천하를 차지하는 민족으로 자리를 잡게 된다. 그는 다시 천하의 질서를 확보하기 위하여 혼란하던 법률도 모두 통일한다. 전율田

律·구원률廐苑律·요률傜律 등 특별한 일에 대한 법률만도 근 30종이나 만들어졌다. 그리고 사상을 통일하기 위하여 유가의 경서를 비롯한 여러 가지 책을 모아 불태워 없애고, 선비들을 잡아다가 산 채로 땅에 묻어버리는 유명한 '분서갱유焚書坑儒'를 실시한다. 그들이 쓰던 문자인 한자의 글자체와 읽는 음도 통일한다. 그리고 전국 각지로 통하는 치도馳道라는 한길을 개통한 뒤 천하의 모든 수레의 바퀴 폭을 통일한다. 전국의 화폐와 도량형도 통일하였다. 도읍을 시안(西安) 바로 옆의 함양咸陽에 건설하고 위수渭水 남쪽 상림원上林苑에 동서로 200칸間, 남북이 40장丈이나 되며 남산南山 꼭대기로부터 위수 건너 함양에까지 걸쳐있는 아방궁阿房宮이라는 어마어마한 궁전도 전전前殿이라 하여 건설한다. 이 궁전을 짓는 데만도 70여만 명의 죄수들이 동원되었다 한다.

어떻든 대중국의 기틀은 이 위대한 진시황으로 말미암아 마련되었다. 그는 천하를 통일하기 위하여 엄청나게 많은 사람들을 죽였고, 천하를 지탱하고 여러 가지 토목공사를 하는 데에도 얼마나 많은 백성들을 동원하여 희생시켰는지 모른다. 그러니 그는 잔인무도한 폭군이라는 비평을 받기도 하지만 한편으로는 천하를 통일하여 대중국의 터전을 마련한 위대한 황제라는 칭송도 받게 된 것이다.

그러나 아무리 발버둥을 쳐도 사람은 사람의 한계를 벗어나지 못한다. 왕유의 시도 앞의 네 구절은 진시황 무덤의 엄청난 규모를 읊고 있지만 뒤의 네 구절은 그러한 진시황의 노력이 모두 헛된 것임을 노래하고 있다. 다섯 여섯째 구절에서는 "바다도 있다고 하지만 사람들이 어찌 건너다니겠는가? 봄가을이 없으니 기러기도 찾아 돌아오지 않는다네." 하고 읊고 있다. 아무리 거창하게 만들어 놓았지만 그 세상에는 사람도 새나 짐승도 하나 없는 쓸데없는 세상임을 뜻한다. 사람 한 명 다니지 않고 새 한 마리 찾아들지 않는 세상이라면 죽은 진시황에게도 어떤 도움이 될 수는 없는 것이다. 무덤 속은 아무리 호화롭고 웅장하게 만들어 놓았다 하더라도 결국은 으스스하고 적막한 두렵고 소름 끼치는 곳에 불과하다. 일곱 여덟째 구절에서는 "더욱이 소나무 바람소리 애절하게 들리니, 진시황에게 대부大夫 벼슬 받은 소나무가 슬퍼하는 것만 같네." 하고 읊고 있다. 사마천(司馬遷, B.C. 145-B.C. 86?)의 『사기史記』 진시황본기秦始皇本紀를 보면 진시황이 샨둥(山東)에 있는 태산泰山으로 하늘에 제사를 지내러 갔다가 갑자기 비바람이 불어와 잠시 큰 소나무 밑으로 가서 쉬었는데, 그때 진시황은 그 소나무의 공로를 높이 사 오대부五大夫 벼슬을 내려주었다 한다. 그 소나무는 아닐 터이지만 지금도 태산 기슭의 아담한 절 경내에는 이러한 기록으로 말미암아 이름이 부쳐진 '대부송大夫松'이라고 사람들이 부르는 잘 자란 늙은 소나무가 있다. 어떻든 진시황은 그처럼 큰일을 이룩하고 죽었지만 그를 슬퍼하는 사람은 하나도 없고 오직 그로부터 벼슬을 받았던 소나무나 홀로 슬퍼하고 있을 것이라는 것이다. 만당晚唐 시인 호증(胡曾, 865 전후)의 「아방궁阿房宮」 시는 그러한 사실을 잘 잡아 노래하고 있다.

> 새로 지은 아방궁의 벽도 미처 마르기 전에
> 한漢 고조高祖의 군대 이미 장안으로 들어왔네.
> 황제가 만약 백성들 힘을 다 없애버린다면
> 천하통일의 위대한 업적도 모래더미 무너지듯 쉽게 무너진다네.

新建阿房壁未乾,　沛公兵已入長安.
신 건 아 방 벽 미 건　　패 공 병 이 입 장 안

帝王若竭生靈力,　大業沙崩固不難.
제 왕 약 갈 생 령 력　　대 업 사 붕 고 불 난

아무리 거대한 일이라도 사람들에게 쓸 데가 없는 일이라면 그것은 무의미하다. 아무리 호화롭게 즐거움을 다하고 산다 하더라도 이 세상을 위하여 한 일이 없다면 그의 삶은 허황된 것이다. 왕유도 뒤에는 진시황의 무덤으로부터 그다지 멀지 않은 종남산終南山의 골짜기 망천輞川에 별장을 지어놓고 나라 형편이나 백성들의 삶은 아랑곳 없이 아름다운 자연과 술이나 즐기던 사람이다. 그런데도 진시황이 땅속에 건설해 놓은 영원한 궁전과 세계가 무의미한 것이라 읊고 있다. 이 시는 왕유가 15세 때 지은 것이라 하니, 왕유도 젊었던 시절에는 보다 건전한 인생관의 소유자였던 것 같다. 어떻든 그런 지독하게 배포 크고 잔인한 진시황으로 말미암아 그 뒤로 지금까지 천하를 아우른 큰 나라 중국이 존속되고 있는 것이다.

2014. 3. 24

9

소승(小乘)적인 시

송대의 문호 소식(蘇軾, 1037-1101)의 시에 「정혜사定惠寺 수흠守欽 스님이 지어 보내준 시의 운을 따라 지은 시 여덟 수 (次韻定惠欽長老見寄八首)」가 있는데, 그중 첫째 시가 다음과 같다. 이 시는 철종哲宗의 소성紹聖 원년(1094)에 시인이 59세 의 나이로 남쪽 멀리 광동廣) 혜주惠州에 귀양을 가서 3년 있 는 동안에 지은 작품 중의 하나이다.

왼쪽 모퉁이에는 헤어진 싸리 울타리가 보이고
남쪽 나뭇가지 사이로는 긴 등나무 줄기 스쳐오는 바람 소리 들리네.

갈고리에 걸어놓은 발아래로 새끼 친 제비 날아들고

찢어진 창구멍으로는 성가신 파리가 들어오네.

쥐를 위해서 늘 먹을 밥을 남겨놓고

나방이 가엾어서 등불을 켜지 않네.

여러 가지 별난 짓 정말 가소로우니

나는 소승적인 중임에 틀림없네.

左角看破楚, 南柯聞長藤.
좌 각 간 파 초   남 가 문 장 등

鉤簾歸乳鷰, 穴紙出痴蠅.
구 렴 귀 유 연   혈 지 출 치 승

爲鼠常留飯, 憐蛾不點燈.
위 서 상 류 반   연 아 부 점 등

崎嶇眞可笑, 我是小乘僧.
기 구 진 가 소   아 시 소 승 승

자신의 소박한 생활을 읊은 시이다. 『소동파문집蘇東坡文
集』[1]에는 둘째 구절 끝 글자 '등藤'이 滕으로 되어 있으나 내
뜻대로 뜻을 통하게 고쳤으나 내 박식薄識 탓인지 모르겠다.
그러나 이 시의 첫째 둘째 구절의 해석 잘못은 이 글의 대의
에 크게 영향을 끼치지 않는다 생각하고 그대로 글을 쓴다.

1 『蘇東坡全集』(臺灣 世界書局 影印本)後集 卷五 詩 P.508에 실려
있음.

대시인 소식은 멀리 남쪽 땅으로 귀양을 와서 허술한 집에 어렵게 살고 있지만 나름대로 만족한 나날을 보내고 있다. 이 시를 읽으면 소식이 왜 진晉나라 때의 시인 도연명(陶淵明, 365 -427)을 좋아했는가 알만하다. 그의 생활관이 팽택령彭澤令이 란 벼슬을 버리고 「귀거래사歸去來辭」를 읊으며 시골로 돌아와 소박한 생활을 하며 어려운 중에도 술과 시로 평생을 보낸 도연명과 비슷하다고 느껴지기 때문이다. 그리고 다시 제비나 파리 같은 새와 곤충에 대하여 보여주고 있는 시인의 관심에는 머리가 숙여진다. 제비가 집안에 집을 짓고 새끼를 기르고 있고 파리가 방안으로 날아들고 있어도 전혀 귀찮은 줄 모른다. 더구나 "쥐를 위해서 늘 먹을 밥을 남겨 놓고, 나방이 가엾어서 등불을 켜지 않는다."는 대목에 이르러서는 감복이 된다. 소식은 유학자이지만 불교의 장점도 받아들이어 많은 스님들과도 교류를 하였다. 특히 소식은 불교의 살생殺生을 금하는 가르침을 매우 존중하였다. 소식은 짐승이나 벌레를 죽이지 않을 뿐만이 아니라 사람들을 직접 해치는 쥐나 나방 같은 것까지도 잘 먹고 살아가도록 도와주었다. 그러면서도 이러한 별난 짓을 하는 자신을 두고 수흠이라는 스님 앞에 "나는 소승적인 중임에 틀림없다."고 반성을 하고 있다.

여기에서 소식 자신이 소승小乘적인 중 같다고 말하는 것은 대승大乘적인 견지에서 다른 여러 사람들을 별로 돌보아

주거나 남의 처지는 생각하지 못하고 자기만을 생각하며 맑고 깨끗한 생활을 추구하고 있는 자기 태도에 대한 반성일 것이다. 그러나 정말로 소식이 불도佛道를 닦아서 무량중생無量衆生의 생활을 걱정하며 온 세상을 구제하려는 '대승적인 중'이 되지 못한 것을 후회하는 것은 아닐 것이다. 상식적인 수준에서 '소승적'이란 말을 사용하여, 어렵게 살고 있는 백성들을 비롯하여 여러 세상 사람들은 돌보지 못하고 자신만이 어렵지만 깨끗하게 살고 있는 데 대한 반성일 것이다. 어떻든 멀리 풍토가 자기가 살아오던 곳과는 전혀 다른 먼 남쪽으로 귀양을 와서 어렵게 지내면서도 남들을 먼저 생각해 주고 여러 사람들을 위하여 살아가야 한다고 생각하고 있는 그의 마음가짐이 무척 값지다고 느껴진다.

소식은 이 시를 지었을 무렵인 소성紹聖 3년(1096) 61세 때 멀리 혜주惠州까지 귀양길을 따라온 애첩愛妾 조운朝雲이 병이 나서 죽고 만다. 그때 소식은 그녀의 죽음을 애도하는 「도조운시悼朝雲詩」를 지었다. 그 시는 "흐르는 시간을 천 년 머물게 할 약이 없는 것 한이 되고, 떠나간 이에게 준 것은 오직 '소승선'뿐일세.〔駐景恨無千歲藥, 贈行唯有小乘禪.〕"라는 구절로 끝을 맺고 있다. 여기의 '소승선'도 『전등록傳燈錄』에 보이는 다섯 가지 '선' 중의 하나이기보다는 단순히 대승선大乘禪과 대가 되는 말로 썼을 것이다. 자신이 죽은 애첩을 사랑해주고 위해준 것 같지만 실은 모두 자기 위주의 태도에서 나온 행위에 불과하였다는 반성이라는 것이다. 곧 자신이 멀리 기후 조건이 전혀 다르고 견디어내기도 어려울 남쪽 땅으로 귀양을 올 적에 다른 여자들은 모두 자기를 버리고 따라오지 않았는데, 조운만은 어려움을 무릅쓰고 멀리까지 따라와 자기를 도와주고 위로해주며 함께 지내다가 병이 들어 먼저 죽어버린 것이다. 소식이 쓴 「조운시朝雲詩」[2]를 보더라도 시인은 조운을 무척 사랑하였음을 알 수 있다. 조운은 자기를 위하여 자신을 희생하였는데 자기는 조운이 적극적으로 자기를 따라주기 때문에 사랑하는 척해주고 좋아하는 체해준 것뿐이라는 반성이다. 린위탕(林語堂, 1895-1976)은 그의 『소동파전蘇東坡傳』[3]의 310쪽에서 이 소식의 「도조운시」를 해설하면서 이 구절을 "그는 오직 '소승선경' 밖에 그녀에게 준 것이 없다.〔他只能以小乘禪經來送她.〕"하고 옮기고 있는데 잘못일 것이다.

소식이란 문호의 위대한 점의 하나는 어려운 중에도 늘 '소승적인 생각'을 버리고 '대승적인 생각'을 가슴에 지니려고 애써 왔다는 것이다. 그는 언제나 자기만 깨끗하고 바르고

---

2 『蘇東坡後集』第四卷 所載.

3 林語堂 著, 宋碧雲 譯 『蘇東坡傳』, 1977年 10月 臺北 遠景出版社 刊 의거. 영문 原本 冊名은 밝히지 않고 있음.

편안할 뿐만이 아니라 모든 사람들이 함께 깨끗하고 바르고 편안하게 살 수 있는 세상을 추구하고자 하였다는 것이다. 이 '소승'과 '대승'의 문제는 송대의 문호 소식에게게만 국한되는 것이 아닌 것 같다. 그것을 당시와 송시의 차이를 이해하는 데에도 적용시킬 수가 있을 것 같다. 당시는 '소승적'인데 비하여 송시는 '대승적'이라는 것이다. 물론 두 시대 문학의 차이를 그렇게 확연히 구분 지을 수는 없을 것이다. 그러나 대체로 시의 아름답고 멋진 표현만을 추구하며 황제에게 아첨이나 하는 글을 많이 지은 송지문(宋之問, 656?-712?)과 심전기(沈佺期, 656?-713) 같은 초당初唐의 시인이나 술 마시는 것과 음풍농월吟風弄月 위주였던 왕유(王維, 701-761)와 이백(李白, 701-762) 같은 성당盛唐의 시인들은 그들의 작품을 '소승적'이라 해도 잘못이 없을 것이다. 다만 '안록산安祿山의 난' 이후 중당中唐에 이르러는 두보(杜甫, 712-770)며 백거이(白居易, 772-846) 등이 전란에 시달리는 백성들의 참상을 직접 보고 스스로 각성하여 자기 문제뿐만이 아니라 그들이 살고 있는 세상과 다른 여러 사람들의 일에 대하여도 관심을 지니게 되고 지식인 또는 문인으로서의 자기의 올바른 자리도 찾아서 문학창작 기풍을 새롭게 했던 것은 사실이다. 이들을 두고 '소승적'이라 하는 것은 지나친 표현임이 사실이다. 그러나 이들도 세상이나 다른 사람들에 대한 관심이 송대 지식인들

정도로 철저하지는 못하다. 그러니 대체로 당대 시인들은 '소승적'이라면 송대의 시인들은 '대승적'이었다고 개략적으로 말할 수도 있을 것이다. 그런데 송대 시인들의 '대승적'인 성격은 소식을 통하여 가장 확실히 드러나고 있다고 할 수가 있을 것이다.

2015. 3. 10

10

역사에 나가신 임〔君子于役〕

중국의 전통문학은 시를 중심으로 하여 발전하여 왔다. 중국 시는 서기 기원전 500년에서 1000년 무렵에 주周나라에서 노래 부르던 노래 가사를 모아놓은 『시경』에서 출발한다. 그리고 이때부터 시의 주조를 이루는 것은 서정적인 성격의 작품이었다. 서정 중에서도 임 그리움의 노래가 가장 사람들의 심금을 울려왔다. 임 그리움이란 사랑하는 남녀가 헤어졌을 때 생겨나는 절실한 그리운 정이다. 더구나 사랑하는 남녀가 자기들의 뜻과는 달리 일종의 권력에 의하여 강제로 기약도 없이 헤어졌을 때 두 남녀의 임 그리는 정은 더욱 애절할 것이다.

　더구나 중국이라는 나라는 이미 주나라 때(B.C. 1111-B.C. 221)부터 황제는 힘으로 넓은 천하를 다스려야 했음으로 하루도 전쟁이 없는 날이 없었다. 중국이라는 큰 나라는 주나라로부터 시작되고 있다. 이전에는 씨족氏族을 바탕으로 한 수많은 부락국가部落國家들이 넓은 땅을 제각기 나누어 차지하고 있었다. 넓은 땅에 사는 언어와 풍습이 다른 여러 종족들을 한 나라로 통치하자니 어마어마한 폭력으로 모든 백성들을 다스리지 않으면 안 되었다. 따라서 중국 땅에는 전쟁과 소동이 그칠 날이 없었다. 이에 나라의 젊은이들은 시도 때도 없이 병사로 징발되어 나라를 위하여 멀리 전쟁터로 끌려 나가야만 하였다. 그리고 황제는 백성들의 형편은 거들떠보지도 않고 백성들을 마구 동원하여 자기가 살 화려한 궁전을 짓고 적을 막을 거창한 성을 쌓았다. 백성들이 이처럼 전쟁터나 나라의 공사장에 잡혀 나가는 것을 '나라의 역사役事에 나간다'는 뜻의 '행역行役'이라 불렀다. 그런데 『시경』에도 이미 여러 편의 '행역'과 관련된 시가 있다.

　『시경』 왕풍王風에 실려 있는 「역사에 나가신 임(君子于役)」이라는 시를 먼저 읽어보기로 한다. 이 시는 나라의 토목공사나 군사적인 일에 강제로 끌려나간 사랑하는 임을 그리는 시이다.

임은 역사에 나가시어

돌아올 기약 속절없네.

언제나 돌아오시려나?

닭은 홰에 오르고

해 저물자

소와 양도 돌아오는데,

역사에 나가신 우리 임이여!

그 어이 그립지 않으리!

임은 역사에 나가시어

몇 날 몇 달인 지 속절없네.

언제면 만나게 되려나?

닭은 홰에 오르고

해 저물자

소와 양도 내려오는데,

역사에 나가신 우리 임이여!

굶주림 목마름이나 겪지 않으시기를!

君子于役, 不知其期.
군 자 우 역   부 지 기 기

曷至哉?
갈 지 재

鷄棲于塒, 日之夕矣, 羊牛下來.
계 서 우 시   일 지 석 의   양 우 하 래

君子于役, 如之何勿思!
군 자 우 역   여 지 하 물 사

君子于役, 不日不月.
군 자 우 역   불 일 불 월

曷其有佸?
갈 기 유 괄

鷄棲于桀, 日之夕矣, 羊牛下括.
계 서 우 걸   일 지 석 의   양 우 하 괄

君子于役, 苟無飢渴!
군 자 우 역   구 무 기 갈

　　중국은 옛날부터 전쟁이 끊일 날이 거의 없었고 만리장성
의 건설 같은 나라의 큰 토목공사도 없는 날이 거의 없었다.
따라서 젊은이들이 갑자기 강제로 먼 이역 땅으로 끌려나가
게 되는 이 '행역'은 무엇보다도 백성들의 생활에 큰 타격을
주는 문제였다.

　　따라서 『시경』에는 '행역'의 문제를 주제로 한 이른바 행
역시行役詩가 상당히 많다. 특히 임 그리움을 노래한 시들 중
에 행역과 관계되는 시가 많다. 행역으로 말미암은 젊은 남녀
사이의 임 그리움은 무엇보다도 애절한 감정이었을 것이다.
'행역'은 아무런 예고도 없이 그리고 본인들의 뜻과도 전혀
상관없이 신혼의 젊은 부부나 사랑하는 남녀를 갑자기 갈라
놓는 결과를 가져오기 때문이다. 이는 두 남녀뿐만이 아니라

한 집안의 갑작스런 불행을 뜻한다.

중국은 나라 땅이 넓고 나라가 커서 군대건 역사에건 한 번 끌려가서는 영원히 다시는 고향으로 돌아오지 못하게 되는 경우가 많았다. 따라서 '행역'은 대부분의 경우 개인이나 집안의 큰 재앙을 뜻한다. 특히 진시황秦始皇은 자신의 제국을 영원히 보전시키려고 수많은 백성들을 강제로 동원하여 거대한 만리장성을 쌓았는데, 그때의 '행역'으로 말미암아 유명한 맹강녀孟姜女의 전설까지 생겨났다.

맹강녀의 전설은 여러 가지 서로 다른 얘기가 전해지고 있다. 그중 가장 대표적인 얘기는 이러하다. 맹강녀는 제齊나라 사람인데 남편이 신혼 뒤 얼마 안 있어 만리장성을 쌓는 일에 끌려나갔다. 더운 철에 집을 나간 남편이 날이 추워져도 돌아오지 않자 맹강녀는 남편의 겨울옷을 만들어 가지고 만리장성을 쌓고 있는 서북 지방으로 남편을 찾아갔다. 장성을 쌓고 있는 인부들 틈에서 여러 날을 두고 남편을 찾았으나 찾지 못하고 결국은 남편이 죽어서 장성 밑 어딘가에 묻혔다는 얘기를 듣게 되었다. 맹강녀가 남편을 잃은 슬픔에 땅을 치면서 통곡을 하자 굉장히 긴 길이의 거대한 쌓아놓은 장성이 무너지면서 남편의 시체가 그 속에서 튀어나왔다 한다. 이 열녀인 맹강녀는 지금도 중국 여러 지방에 신격화神格化되어 백성들로부터 높이 모셔지고 있다.

『시경』의 민요를 모아 놓은 국풍國風 중에서도 주周나라 초기 정치가 잘 되던 시절의 노래인 정풍正風이라는 주남周南과 소남召南에도 각각 두 편의 행역시가 들어있다. 특히 주남의 「권이卷耳」시는 분명한 행역시인데도 주나라의 중요한 궁전 의례 여러 경우에 「관저關雎」·「갈담葛覃」시와 함께 노래 불리어졌다. 이를 통하여 '행역'은 중국 고대에 있어서는 피할 수가 없는 굉장히 보편적인 일이라고 받아들여졌음을 알 수 있다.

후세로 오면서 봉건 전제 군주 아래에서도 '행역'이 줄어들었다는 것은 정치의 발전을 의미할 것이다. 특히 현 민주주의 사회에 있어서는 그와 같은 위정자들의 폭거暴擧는 있을 수가 없게 되었다. 그러나 아직도 많은 정치인들이 백성들을 위하여 정계로 진출하는 것이 아니라 백성들에게 권력을 휘두르며 자신의 이익을 추구하려고 나서는 사람들이 적지 않은 것 같다. 우리 주변엔 아직도 없어져야만 할 쓸데없는 정치권력의 횡포가 너무나 많은 듯하다.

2014. 4. 19

11

성 남쪽에서의 싸움〔戰城南〕

　홀로 달을 좋아하고 술이나 마시며 시를 쓴 시선詩仙이라
부르는 당대의 대시인 이백(李白, 701-762)에게도 간혹 현실주
의적인 낌새를 띤 작품이 있다. 중국에서 그와 쌍벽을 이룬다
고 시성詩聖이라 하며 크게 내세우는 시인 두보(杜甫, 712-770)
도 이백을 무척이나 존경하면서도 시인으로서의 이백에 대하
여 "이백은 술 한 말 마시고 시 백 편을 쓰고, 장안 저자 술집
에서 잠은 잔다.〔李白一斗詩百篇, 長安市上酒家眠.〕"고 했고
(「飮中八僊歌」), 또 "실컷 술 마시고 미친 듯 노래 부르며 공연
히 나날 보내네.〔痛飮狂歌空度日.〕" 하고 읊고도 있다(「贈李

白」). 이백은 자신이 살고 있는 나라나 그곳 백성들의 삶 같은 데에는 별 관심이 없었다. 매일 아름다운 자연을 찾아가 자기가 좋아하는 술이나 마시며 세월을 보냈다. 백성들의 삶이나 어지러운 세상에 대하여는 별로 관심이 없었다.

그러한 이백도 그가 사는 세상으로부터 완전히 떨어져 살 수는 없었던 것 같다. 그에게도 세상일과 관계가 있는 「성 남쪽에서의 싸움(戰城南)」이라는 제목의 시가 있다. 「전성남」은 본시 한漢나라 때 악부樂府의 제목이며, 이백은 그 노래의 형식을 빌어서 시를 지은 것이지만, 역시 그 시대의 전쟁과 관련이 지어져 있다. 아래에 그 시를 번역과 함께 소개한다.

지난해에는 상건하桑乾河 흘러나오는 곳에서 싸우고
올해에는 총령하葱嶺河로 가는 길에서 싸웠네.
조지條支의 바닷가 물결에 피 묻은 무기를 씻고
타던 말은 풀어놓아 천산天山의 눈 속 풀을 뜯어 먹게 하였는데,
만 리 넘는 먼 길 떠나와 싸우느라
온 군사들은 모두 늙고 쇠약해졌네.
흉노족은 사람 죽이는 일을 생업으로 하고 있으니
옛날부터 누런 사막 같은 땅에는 흰 사람 뼈만 보이고,
진나라가 오랑캐들 대비하느라 만리장성 쌓아놓았으나

중국 쪽에는 여전히 횃불이 타오르고 있네.

횃불이 타오르며 꺼질 새가 없으니

전쟁이 멈출 적이 없기 때문일세.

들판에서 싸움이 붙어 육박전을 하다 죽으니

주인 잃은 말은 하늘 보고 울부짖으며 슬퍼하고,

까마귀와 솔개가 사람들 창자 쪼다가

물고 날아올라 말라죽은 나뭇가지에 걸쳐놓네.

병졸들 흘린 피로 풀밭만 더럽혀졌으니

장군들도 전쟁을 부질없이 한 것일세.

그러니 전쟁이란 흉악한 연모여서

성인들은 마지못해 썼던 것임을 알겠네.

去年戰桑乾源, 今年戰葱河道.
거 년 전 상 건 원　금 년 전 총 하 도

洗兵條支海上波, 放馬天山雪中草.
세 병 조 지 해 상 파　방 마 천 산 설 중 초

萬里長征戰, 三軍盡衰老.
만 리 장 정 전　삼 군 진 쇠 로

匈奴以殺戮爲耕作, 古來唯見白骨黃沙田.
흉 노 이 살 륙 위 경 작　고 래 유 견 백 골 황 사 전

秦家築城備胡處, 漢家還有烽火然.
진 가 축 성 비 호 처　한 가 환 유 봉 화 연

烽火然不息, 征戰無已時.
봉 화 연 불 식　정 전 무 이 시

野戰格鬪死, 敗馬號鳴向天悲.
야 전 격 투 사　패 마 호 명 향 천 비

烏鳶啄人腸，啣飛上挂枯樹枝．
오 연 탁 인 장　　함 비 상 괘 고 수 지

士卒塗草莽，將軍空爾爲．
사 졸 도 초 망　　장 군 공 이 위

乃知兵者是凶器，聖人不得已而用之．
내 지 병 자 시 흉 기　　성 인 불 득 이 이 용 지

　시의 제목인 「성 남쪽에서의 싸움」은 본시 한漢나라 때의
악부시樂府詩로 한대의 군악軍樂인 단소요가短簫鐃歌 18곡 중
의 하나이다. 이백의 시 중에는 형식이 비교적 자유로운 이러
한 악부시체를 본떠서 지은 시들이 많다. 자기의 시상을 마음
대로 노래하기 좋은 형식이기 때문이었을 것이다. 제목을 통
하여 짐작할 수 있듯이 이 악부시는 본시부터 전쟁과 관계되
는 노래였다. 중국은 한제국漢帝國이고 당제국唐帝國이고 모
두 나라의 위세를 천하에 떨쳤지만 그 넓은 천하를 다스리기
위하여 하루도 전쟁이 없는 날이 없었다. 때문에 백성들은 전
쟁에 무척 시달렸다. 시인 이백도 끝머리에서 "전쟁이란 흉
악한 연모"라고 결론을 내리고 있다.

　특히 이 시에서 '흉노'라 부른 중국 북쪽의 몽고족은 틈만
나면 중국 땅으로 쳐들어와 살인과 약탈을 일삼았다. 오죽하
면 이들을 막기 위하여 진시황에서 시작하여 중국 왕조들은
북쪽에서 서북쪽에 이르는 넓은 지역에 만리장성을 쌓았겠는
가? 호기만 부리면서 술로 세월을 보내던 이백 같은 시인도

이 나라 변경에 쉴 새 없이 일고 있는 전쟁에 대하여는 모른 체하는 수가 없었다. 이 시 이외에도 이백에게는 「관산의 달 (關山月)」·「변경을 생각함(思邊)」 등 전쟁과 관련이 있는 시가 몇 편 더 있다. 전쟁은 흔히 변경에서 벌어지고 있었으므로 변경의 실정을 노래한 시들을 변새시邊塞詩라 하였는데 중국시의 현실주의적인 경향은 이러한 변새시를 바탕으로 발전하게 된다.

그 시대 문제를 반영하는 시들은 편폭이 긴 시가 많다. 어떤 사회문제나 특수한 인간 생활의 현상을 묘사하려면 자연히 글이 길어지게 마련이다. 불확실하지만 이백의 시에서의 "지난해"는 현종玄宗의 천보天寶 원년(742) 왕충사王忠嗣가 북쪽 지방을 정벌하여 많은 오랑캐들을 정벌한 것을 가리키고, "올해"는 천보 6년(747) 고구려 출신 장군 고선지高仙芝가 보병과 기병 1만을 거느리고 나가 토번土蕃을 비롯한 서역 지방을 정벌하였던 일을 가리킨다고 보는 이들이 많다. 여하튼 천보 6년 무렵은 중국 역사에 있어서는 태평시대라고 할 만한 당 제국이 전성을 누리던 시기이다. 나라는 온 세계에 위세를 떨친 대제국이었지만 그들의 넓은 변경에서는 어디에선가 하루도 쉴 새 없이 전쟁이 이어지고 있었다. 특히 중국의 북쪽 넓은 거친 땅에는 유목민족인 몽고족이 살고 있어서 그들은 틈만 나면 중원 쪽으로 쳐들어와서 사람들을 죽이고 곡식과 재물을 빼앗아가지고 돌아갔다. 때문에 안정된 시대라 하는 데도 중국의 많은 젊은이들이 이들을 막기 위하여 머나먼 변경의 전쟁터로 끌려나가 다시는 집으로 돌아오지 못하고 객지에서 늙어 죽었다. 그리고 수많은 사람들이 싸우다가 죽어 만리장성 너머의 사막에는 사람의 썩은 흰 뼈가 널려 있었다.

묵자墨子는 아무리 위대한 승리를 거둔다 하더라도 전쟁은 백성들에게는 막대한 손실과 재난이 된다고 하였다. 이 시의 결론은 노자가 "무기는 상서롭지 않은 연모이니, 군자들이 쓸 연모는 아니고 부득이할 적에만 쓰는 것이다."(『노자』제31장)고 한 말을 바탕으로 하고 있다. 실은 전쟁은 몽고족 때문만이 아니고 사방의 모든 나라들을 힘으로 굴복시키려는 제국 황제의 야망으로 말미암은 원정도 더 큰 원인이었다. 때문에 중국의 백성들은 대제국으로 나라의 위세를 온 천하에 떨친 한(漢, B.C. 206-A.D. 220) · 당(唐, 618-907) 제국의 시대보다도 나라의 정치가 제대로 되지 않아 극히 어지러웠다고 하는 위(魏, 220-265) · 서진(西晉, 265-317) · 동진(東晉, 317-420) · 남북조(南北朝, 420-581) 시대가 생활이 더 자유로웠다. 따라서 그들의 학술 문화도 이 시기에 더 크게 발전시킬 수가 있었다.

앞에서 이백의 이 시에 보인 "지난해"와 "올해"의 전쟁이 모두 당제국의 원정을 가리키는 것 같다고 하였다. 그래서 이

백은 특히 전쟁을 반대하는 뜻을 강하게 내비치고 있을 것이
다. 결국 이백이 이 시를 지은 지 10년도 못 가서 천보天寶 14
년(755)에는 〈안록산安祿山의 난〉이 일어나 당 제국은 극도로
혼란한 내란의 소용돌이 속으로 끌려들어 가고 만다. 중국에
비겨 본다면 우리나라는 국세는 약했지만 그러한 전쟁이나
내란은 많지 않아 백성들은 비교적 안락하게 잘 살아온 셈이
다.

2014. 4. 9

12

자야가(子夜歌) 2수

이별을 한 뒤로는 눈물 줄줄 흘리며

임 그리는 정으로 슬픔만 가득 차네.

그대 그리워 뱃속 문드러지고

간장은 마디마디 끊어지네.

別後涕流連, 相思情悲滿.
별 후 체 류 련　　상 사 정 비 만

憶子腹糜爛, 肝腸尺寸斷.
억 자 복 미 란　　간 장 척 촌 단

밤은 긴데 잠 못 이루고

이리 뒤척 저리 뒤척 하면서 새벽 북소리 듣네.

공연히 그이를 만나서

나만이 애가 타 괴로워하네.

夜長不得眠,　轉側聽更鼓.
야 장 부 득 면　　전 측 청 경 고

無故歡相逢,　使儂肝腸苦.
무 고 환 상 봉　　사 농 간 장 고

　　남북조南北朝시대(420-581) 남조의 민요이다. '자야가'는
동진東晉(317-420) 때 자야라는 여자가 만든 노래라 한다(『宋
書』樂志). 지금 모두 42수가 전하는데 거의 모두가 임을 떠나
보낸 뒤의 애절한 연인의 정을 노래한 것이다. 자야라는 여인
은 임을 잃은 뒤 임 그리는 애타는 마음을 노래하여 '자야가'
를 지은 듯하다. 이 시대 여러 명사의 집에 밤중에 귀신이 나
타나 '자야가'를 불렀다는 전설이 전한다.

　　이 노래는 남북조시대 강남지방에 크게 유행하여 '자야
가' 이외에도 자야사시가子夜四時歌·대자야가大子夜歌·자
야경가子夜警歌·자야변가子夜變歌 등이 전하고, 후세의 시인
들은 이 노래의 형식과 시상을 본뜬 시들을 적지 않게 짓고
있다. 보기를 들면 이백李白의 유명한 '자야사시가'가 있다.

　　남북조시대에 유행한 민가인 악부시樂府詩의 형식상의 특

징은 도합 4구절로 이루어진 노래가 주류를 이루는 모두가 짧은 시라는 것이다. '자야가'가 유행한 지금의 남경南京을 중심으로 하는 강남지방의 오성가곡吳聲歌曲에는 '자야가' 이외에도 환문가歡聞歌·전계가前溪歌·단선랑團扇郎·오농가懊儂歌·화산기華山畿·독곡가讀曲歌 등등 많은 노래가 전해지고 있지만 대부분이 5언 4구로 이루어진 것들이다. 그리고 그 주제는 거의 모두가 연정이다. 이것은 서역으로부터 들어온 음악의 영향으로 민가가 변한 때문이다.

양주(涼州, 지금의 甘肅省 武威縣)는 실크로드가 개발된 이래 서역과의 교역 거점 도시로 발달한 곳인데 오호십륙국五胡十六國 때에 전량前涼·후량後涼·남량南涼·북량北涼·서량西涼 등이 수도로 삼았다. 북위北魏에서는 서량악西涼樂을 국기國伎라 하였고 그 나라 수도 낙양洛陽에는 동로마제국에까지 이르는 서방 여러 나라들 사람들이 와서 모여 사는 집이 만유여가萬有餘家나 있었다(『洛陽伽藍記』권3). 남조 양梁 무제武帝의 시 상운악上雲樂은 노호老胡가 신선놀이를 하고 사자춤을 추는 모습을 읊은 시이다. 당 초의 연악燕樂 십부악十部樂은 남북조 음악과 수隋 칠부악七部樂을 계승한 것인데 10부 중 7부가 서역 나라들의 음악이다. 남북조로부터 당에 이르기까지 중국의 전통문화는 서역의 문화를 받아들이어 고도의 발전을 이루는 것이다. 그 시대 중국의 민간가요는 서역의 영향을 받아 4구로 된 연가 중심으로 유행한 것이다.

이 시대의 시인들은 이러한 민가를 바탕으로 하여 이전의 악부 고시뿐만이 아니라 새로운 4구절로 이루어진 시를 짓기 시작한다. 4구절이 너무 짧다고 생각되어 이를 배로 느린 8구의 시도 짓는다. 그리고 사조詞藻를 중시하던 이때의 시인들은 심약沈約의 사성팔병四聲八病의 이론이 대표하듯 시구의 성운聲韻의 해화諧和까지 추구하여 근체시近體詩에 가까운 시를 짓게 된다. 이러한 풍조가 발전하여 당나라 초기에 율시律詩·절구絶句가 완성된다.

중국시를 대표하는 근체近體의 형식은 여기에 소개한 남북조 민가로부터 발전하고 있는 것이다.

2006. 10. 6

Ⅱ.
서재에서

1

은사님께서 써주신 글

　내게는 타이완(臺灣)의 대만대학 은사이신 타이징눙(臺靜農, 1902-1990) 교수님께서 손수 써 주신 글씨 액자가 다섯 가지나 된다. 선생님은 젊었을 적에 대학에서 공부하면서 중국 현대문학의 개척자인 루쉰(魯迅, 1881-1936)의 제자로 소설도 썼다. 선생님이 쓰신 소설 중에는 일본 천황이 사는 황궁을 폭파하려고 앞의 이중교二重橋에 폭탄을 던지고 일본 경찰에 잡혀가 죽은 우리의 애국지사 김지섭(金祉燮, 1884-1928)과 만났던 얘기를 주제로 삼았다고 생각되는 「나의 옆방 친구(我的鄰居)」라는 작품도 있다(뒤의 〈6. 「나의 옆방 친구」를 읽고〉 참조 바람). 이 소설을 통해 보더라도 선생님은 특히 한국 사람들을 좋아하신 것 같다. 1959년에 국민당 정부의 초빙 장학생으로 대만대학에 유학하여 타이 선생님을 뵈올 수 있었던 것은 내 일생 중의 큰 행운이었다. 더구나 전 대만대학 교수이며 국립중앙연구원國立中央研究院 원사院士인 나의 친구 증융이(曾永義)의 주선으로 선생님을 작고하시기 전해까지도 타이베이(臺北)로 자주 가서 직접 모시고 가르침을 받을 수가 있었다. 선생님은 20대를 벗어나기 전에 소설 쓰는 일은 접어놓고 중국 고전문학 전반에 걸쳐 공부하고 연구하였고 대만대학에서는 오랫동안 국문과 학과장을 맡아보며 『초사楚辭』 강의를 주로 하셨다.

특히 선생님의 서예 작품은 중국의 근대 서예가 중에서도 가장 존중받고 있다고 한다. 선생님은 글씨를 돈을 받고 쓴 일이 없어서 특히 홍콩(香港)의 시장에서 근대 작가 중 선생님의 작품이 가장 비싸게 거래되고 있다고 한다. 선생님께서 내게 써주신 글씨는 모두가 빼어난 작품이지만 그중에서도 선생님의 내게 대한 간곡한 당부의 뜻이 담겨있고 예술성도 가장 뛰어나다고 생각되는 작품이 청淸대 공자진(龔自珍, 1792-1841)의 유명한 「기해잡시己亥雜詩」 315수 가운데의 제231수를 쓰신 것이다. 이 작품은 여러 명의 대만대학 국문과 교수들이 한국에 왔다가 우리 집 벽에 걸려있는 것을 보고 모두가

부러워하며 선생님 작품 중에서도 특히 빼어나다고 찬탄을
한 것이다. 선생님이 쓰신 공자진의 시를 번역과 함께 아래에
소개하기로 한다.

옛날부터 수많은 학파의 저술이 무척이나 많아서
촛불 밝히고 책상 앞에 앉으려는 마음 매우 동하게 하네.
만약 노양공魯陽公의 창이 정말로 내 손에 쥐어있다면
지는 해 오직 내 서재를 비치게 하련만!

九流觸手緖縱橫, 極動當筵炳燭情.
구 류 촉 수 서 종 횡   극 동 당 연 병 촉 정

若使魯戈眞在手, 斜陽只乞照書城!
약 사 로 과 진 재 수   사 양 지 걸 조 서 성

그때는 대만대학 대학원에 박사과정은 없고 석사과정만 있
던 시절, 내가 외국 사람으로는 처음으로 석사학위를 따가지
고 귀국하기 바로 전에 써주신 글이다. 처음에는 써주신 공자
진의 시에 어떤 뜻이 담겨있는지도 모르고 정말 선생님의 글
씨는 명필이라고 감탄하면서 좋아하기만 하였다. 선생님의
깊은 뜻을 깨닫게 된 것은 귀국한 다음 그 액자를 거실 벽에
걸어놓고 읽어보면서부터이다.
　　내 전공은 중국의 고전문학이다. "옛날부터 수많은 학파의

저술이 무척이나 많아서" 곧 수천 년을 두고 사대부士大夫를 주축으로 하여 계속 발전해온 중국문학에는 시대마다 수많은 작가와 이론가가 있고 그들의 작품과 저술이 있다. 공부하고 연구할 대상이 다른 전공에 비하여 산더미처럼 쌓여있다. 중국문학을 공부하려는 사람은 남다른 각오가 있어야만 한다. 열정 없이는 가까이할 수도 없는 학문이다.

"촛불 밝히고 책상 앞에 앉으려는 마음 매우 동하게 하네." 중국문학에는 수천 년을 두고 발전하여 무수한 작가들의 저술과 작품이 있다. 따라서 중국문학을 공부하려는 사람 앞에는 공부하고 연구할 것들이 쌓여있어서, 공부하려는 사람은 잠시도 책상 앞을 떠나지 않을 몸가짐을 지니고 있어야 한다. 밝은 대낮만이 아니고 해가 진 뒤에도 촛불을 밝히고 책을 읽으려는 자세가 되어있어야만 한다. 잠시도 시간을 낭비하지 말고 수많은 작가들이 쓴 작품을 읽을 마음가짐이 되어 있어야만 한다는 것이다.

"만약 노양공魯陽公의 창이 정말로 내 손에 쥐어있다면, 지는 해 오직 내 서재를 비치게 하련만!" 해가 져서 날이 어두워져 책을 읽지 못하게 되는 것이 무척 안타깝다. 공부하는 내 서재에만은 밤이 오지 않고 늘 햇빛이 비치어주었으면 좋겠다는 것이다. 여기의 '노양공'은 전국戰國시대(B.C. 403~B.C. 221) 노나라 사람. 한韓나라와 싸우던 중에 해가 저물어 싸움이 뜻대로 되지 않자 자기의 창을 들어 해를 물리치자 해가 서너 발쯤 뒤로 물러났다는 기록이 『회남자淮南子』에 보인다. 정말로 해를 지지 않도록 하려는 열정을 갖고 학문에 임해야만 한다는 것이다.

선생님께서 이 글을 써 주시면서 나에게 당부한 지극한 가르침이 이 액자를 볼 때마다 내 가슴에 저미어 든다. 정말 고맙습니다! 선생님! 저의 온 힘을 다하여 선생님의 가르침을 받들겠습니다!

2014. 11. 11

2

사람과 사람의 사이

서기 기원전 3세기 무렵 중국의 전국戰國시대 위魏나라에 범저范雎[1]라는 말을 잘하기로 유명한 사람이 있었다. 그는 집이 가난하여 우선 먹고 살기 위하여 위나라의 중대부中大夫 벼슬을 하는 수가須賈라는 사람을 섬기었다.

마침 위나라 소왕昭王이 일이 생기어 수가를 제齊나라에 사신으로 보냈는데, 수가는 사신으로 제나라에 가면서 범저도 데리고 갔다. 수가는 제나라로 가서 수개월 머물면서 사신의

■
1 司馬遷 『史記』 范雎蔡澤列傳 및 『戰國策』 秦策에 그의 전기가 보임. 책에 따라 그의 이름을 范雎(범수)라고 한 경우도 있음.

임무를 잘 처리하였다. 그러는 중에 제나라 양왕襄王은 범저가 말도 잘하고 비범한 인물이라는 것을 알아보고 금 10근斤과 함께 소고기와 술을 보내주었다. 범저는 그것을 사양하고 받지 않았다. 그러나 수가는 무척 범저에게 화를 내었다. 제나라 임금이 자기를 제쳐놓고 범저에게 그런 물건을 내려준 것은 범저가 몰래 위나라의 비밀을 제나라에게 알려준 탓이라고 생각하였다. 제나라 임금이 범저의 비범한 재능을 알아보았다는 사실은 상상조차 하지 못하였다. 수가는 위나라로 돌아와서 범저가 위나라의 비밀을 제나라에 고해바친 것 같다고 자기 생각을 재상에게 보고하였다. 위나라 재상은 범저를 간사한 자라고 단정하고 그에게 심한 매질을 하게 하여 갈비뼈도 부러지고 이빨도 빠지는 큰 상처를 입혔다. 범저가 죽은 듯이 쓰러져 있자 거적으로 그의 몸을 싸 가지고 변소에 버려두어 술주정뱅이들이 그의 몸에 오줌을 갈기게 하였다. 범저는 요행이 마음이 착한 일하는 사람을 만나 그의 도움으로 그곳을 피해 나와 목숨을 건질 수가 있었다.

범저는 살아난 뒤 이름을 장록張祿이라 바꾸고 진秦나라로 들어갔다. 그는 진나라에 머물면서 실력을 발휘하여 원교근공遠交近攻의 술책으로 진나라 소왕昭王을 섬긴 끝에 제후의 나라 중 세력이 가장 큰 진나라의 재상 자리에까지 오르게 되었다. 장록이라 이름을 바꾼 범저는 온 천하의 일을 손으로 주무르는 대단한 권세가가 된 것이다.

몇 년 뒤 위나라에서 수가를 사신으로 진나라에 보내어 왔다. 수가는 말할 것도 없고 위나라에서는 지금 천하를 뒤흔들고 있는 진나라의 재상인 장록이 범저라는 것을 까맣게 모르고 있었다. 범저는 헌 누더기 옷을 걸치고 가서 추위에 떨면서 사신으로 온 위나라의 수가를 만났다. 수가는 "네가 아직도 죽지 않고 살아 있었느냐? 무얼 하고 지내느냐?"고 묻자, 범저는 품팔이를 하면서 겨우 목숨만 지탱하고 있노라고 대답하였다. 가수는 그렇게 된 범저를 동정하면서 두터운 비단솜옷을 한 벌 내주어 갈아입히고 함께 앉아 식사까지 대접하였다. 그러나 곧 재상 관저로 가서는 진나라의 재상 장록이 바로 범저라는 것을 알게 되자 수가는 저고리를 벗고 무릎을 꿇고는 "제가 지은 죄는 제 머리털을 모두 뽑아가며 헤아린다해도 모자랄 정도로 많습니다. 죽여주십시오!" 하고 빌었다. 이때 범저는 그래도 수가가 조금 전에 자기에게 비단 솜옷을 입혀주고 함께 식사까지 한 마음씨를 생각하고는 그대로 수가를 놓아주었다 한다.

이 범저의 옛 얘기를 통해서 우리는 많은 것을 배우게 된다. 우리는 살아가면서 많은 사람들을 접하게 된다. 그런데 가까운 자기 친구이면서도 그의 능력을 전혀 모르고 지나치는 경우가 많다. 오히려 작은 어떤 일을 보고 그 일 한 가지로 그 일을 한 사람을 평가해 버리는 경우도 많다. 나 자신이 지난 과거를 되돌아보면 작은 한 가지 일 때문에 훌륭한 사람을 시원찮게 평가해버렸던 경우가 여러 번 있다. 사람은 누구나 단점도 갖고 있지만 장점도 갖고 있는 법이다. 위나라에서 수가가 범저의 진가를 살리지는 못하고 그를 죽일 뻔했던 일을 교훈 삼아야 한다. 큰 진나라의 재상이 될 능력을 지닌 친구를 몰라보고 그를 자기 나라를 배반하며 간사한 짓이나 하는 자라고 보았던 것이다. 그러나 나라를 어느 정도 잘 다스린 제나라 임금과 진나라 임금은 범저의 능력을 알아보았다. 제나라 임금은 범저에게 선물을 하는 데 그쳤지만 진나라 임금은 그를 재상으로 삼아 그의 능력을 이용하여 진나라를 더욱 크고 강하게 발전시켰다.

그런데 사람과 사람 사이의 관계는 그처럼 사람의 능력을 제대로 알아보는 능력도 중요하지만 그보다 더 중요한 것은 각 사람이 지니고 있는 마음씨이다. 사람은 무엇보다도 따뜻한 마음씨, 남을 배려하는 마음가짐을 가져야 한다. 가장 좋은 것은 남을 사랑하는 마음을 지니는 것이다. 범저와 수가 사이의 관계를 보면 수가는 범저의 사람됨을 제대로 알아보지도 못하고 더구나 제나라 임금이 자기를 제쳐놓고 범저에게 많은 예물을 내린 것을 보고 오해하여 범저를 죽음의 경지로 내몰았다. 시원찮은 친구이다. 그러나 뒤에 살아있는 범저를 뜻밖에 만났을 적에 그가 헐벗고 굶주리는 것을 보고 두꺼운 비단 솜옷을 내주고 함께 앉아 음식을 먹여준다. 수가도 그때에는 범저가 자기를 죽음으로 내몰고 이처럼 헐벗고 굶주리게 만든 원수라고 생각하고 있을 것임을 짐작했을 것이다. 그래도 그는 어려운 사람을 보면 무조건 동정하고 도와주는 따스한 마음을 지녔기에 뒤에 진나라 재상이 된 범저를 만났지만 보복을 당하지 않는다. 뛰어난 지식 또는 판단력보다도 사람과 사람 사이에 더 소중한 것은 사람의 마음가짐이다. 당唐나라 시인 고적(高適, 702-765)은 「영사詠史」[2] 시에서 범저와 수가 사이의 복잡한 역사적인 얘기를 다음과 같은 오언절구五言絶句로 간결하게 읊고 있다.

그래도 비단 솜옷을 내주었으니
범저가 헐벗고 있는 것을 가엾게 여겼기 때문이지.
천하에 뛰어난 인물 알아보지 못하고
어려운 백성인 줄로만 알았다네.

尙有綈袍贈, 應憐范叔寒.
상 유 제 포 증   응 련 범 숙 한

不知天下士, 猶作布衣看.
부 지 천 하 사   유 작 포 의 간

2 高適『高常侍詩集』卷八 五言絶句.

사람과 사람 사이에 가장 소중한 것은 따스한 마음, 남을 먼저 배려하는 마음, 남을 사랑하는 마음임을 알게 하는 고사이다.

2014. 4. 8

3
시골 무식한 사람들의 지식

   중국에는 시골이나 도시를 막론하고 어디를 가나 마을마다 제각기 여러 신神을 모시는 묘당廟堂이 있고 거기에서는 명절이나 일정한 철이 되면 신에게 제사를 지내면서 여러 가지 그 지방의 연극과 놀이를 공연하며 여러 사람들이 함께 모여 즐긴다. 신의 묘당이 없는 곳에서는 임시로 가설무대를 만들어놓고 신을 모신 다음 축제를 벌인다.

   나는 정년퇴직 전에 뜻을 같이하는 사람들과 함께 중국의 회곡문물戲曲文物과 민간연예民間演藝를 탐사하는 여행을 몇 차례 하였다.[1] 1995년 음력 설 때에는 쓰촨(四川)지방을 중심

으로 하는 탐사 여행을 하였다. 그때 쓰촨의 성도省都인 청두
(成都)에서 다시 역사적으로 유명한 촉도蜀道를 따라 북쪽으
로 올라가 더양(德陽)과 멘양(綿陽)이라는 도시를 거쳐 쯔퉁(梓
潼)이란 곳에서 좀 더 올라간 곳에 있는 시골 마을 위마강御馬
岡이라는 곳 산기슭에 있는 어마사御馬寺라는 신묘神廟에서
열리고 있는 이른바 묘회廟會를 구경하러 갔다. 그곳 신묘의
이름이 '어마사' 지만 실제로는 불교 사원이 아니라 오히려
도교의 영향이 더 강한 것 같은 잡신이 모셔져 있는 신묘였
다. 그날은 그곳에서 전통적으로 유명한 그 지방의 탈놀이인
재동양희梓潼陽戱가 공연된다고 하여 그것을 보는 것이 주목
적이었다. '어마사' 는 비탈진 언덕 위에 세워져 있고 놀이나
연극을 공연하는 희대戱臺는 비탈길 아래 이 신묘로 들어오는
대문인 문루門樓 위층에 마련되어 있었다. 따라서 모셔놓은
여러 신들은 신단神壇 위에 앉아서 편안히 놀이를 구경할 수
가 있고, 문루에서 신묘 사이의 넓은 비탈진 광장은 자연스러
운 사람들의 관람석이었다. 초가집 하나 보이지 않는 시골인
데도 놀이를 즐기기 위하여 모인 사람들은 1,000명이 넘을 것
같았다. 법사法師의 주관 아래 청신請神이란 의식이 행해진

1 김학주 『중국의 전통연극과 희곡문물·민간연예를 찾아서』(명문
  당 2007. 4. 간행).

다음 먼저 천희天戱라 부르는 끈으로 인형을 조종하는 인형극이 몇 종목 공연되었다. 그리고 다시 지희地戱라 부르는 사람들이 탈을 쓰고 하는 여러 가지 탈놀이가 펼쳐졌다. 그리고 이 '재동양희'는 탈을 쓴 신인 이랑신二郎神이 모든 나쁜 귀신들을 잡아 준비하여놓은 배에 잡아 가둔 다음 여러 사람들과 함께 마을 아래 강물 가로 가서 강물에 그 배를 떠내려 보내는 것으로 끝이 난다. 그동안 여러 마을에서 온 사람들은 함께 어울리어 놀이를 즐기기도 하고 신묘 옆에 10여 개의 임시로 마련해 놓은 간이 식당으로 몰려가 친구들과 간단한 식사와 음료를 마시며 즐기었다. 매우 가난한 농촌인데도 늙은이 젊은이와 남자와 여자들이 모두 함께 어울리어 조상들이 즐기던 자기네 연예를 함께 어울리어 즐기고 있다. 정말 축제로구나 하는 느낌을 받았다.

1996년 음력 설 때에는 산둥(山東)지방의 탐사 여행을 하였다. 중국 땅에 도착한 첫날 저녁에 쯔버(淄博)시에서 버스를 타고 어두운 시골길을 약 40분 달리어 버샨(博山)이란 시골마을 근처의 농촌으로 가서 밭 가운데 가설무대를 세워놓고 시골 사람들이 모여 오음희五音戱라는 그 지방의 전통연극을 공연하는 것을 두 시간이 넘도록 구경한 일이 있다. 역시 큰 나라라 눈이 섞인 진 밭에 연극을 구경하러 모인 사람들은 남녀노소 가리지 않고 1,000명이 넘을 정도였고, 처음에는 무척 불편하였고 연극 내용도 잘 알지 못하는지라 약간 망설이는 마음도 있었으나 연극이 시작되자 중국 안내하는 사람의 설명을 대충 들으며 우리도 그 연극에 빠져들었다. 그들은 거의 보름날까지 이렇게 많은 사람들이 모여 여러 가지 다른 자기네 전통연예를 공연하면서 함께 즐긴다고 한다. 중국 농촌은 지극히 가난하다지만 설이 되어도 몇 명이 둘러앉아 고스톱밖에 칠 게 없는 우리보다는 이들이 훨씬 행복하지 않으냐는 말이 누구 입에선가 나왔다.

이런 축제가 근처 마을 신묘를 합하여 여러 번 있고 그 밖에도 자기네 전통연극이나 놀이의 공연을 구경할 기회가 무척 많다. 때문에 무식하고 천한 신분의 사람들도 놀이와 연극 구경을 많이 하게 된다. 중국의 전통 놀이나 연극은 『삼국지三國志』·『서유기西遊記』얘기와 같은 그들의 역사와 전설을 소재로 한 것들이 많아서 하류 계층의 사람들도 이런 놀이의 구경을 통해서 자기네 역사나 전설에 관하여 많이 알게 된다. 그뿐 아니라 사회 각 분야에 관한 많은 지식을 얻게 된다. 그러기에 중국의 글도 모르는 가난한 사람들도 어느 면에서는 매우 유식하게 된다. 청淸나라 때의 대학자인 조익(趙翼, 1727 -1814)에게는 「세속적인 연예에 대하여 나는 모르는 것이 많은데, 하인들에게 물어보면 도리어 잘 알고 있어서, 그것을 써놓고 한바탕 웃다〔里俗戲劇余多不知問之僮僕轉有熟悉者書

以一笑〕²라는 긴 제목의 시가 한 수 있다. 그 시를 아래에 소
개한다.

민간 연극의 유행은 본시 근거도 없는 것이라 하나
시골 배우는 아름다운 목소리로 공연을 하네.
이 늙은이 가슴에는 천 권의 읽은 책 들어있다 하나
오히려 고금 일에 대한 넓은 지식은 하인만 못하네.

焰段流傳本不經,　村伶演作繞梁吟.
염 단 류 전 본 불 경　촌 령 연 작 요 량 음
老夫胸有書千卷,　翻讓僮奴博古今.
노 부 흉 유 서 천 권　번 양 동 노 박 고 금

중국에서는 이처럼 무식한 백성들도 연극이나 연예 구경
을 통해서 공부를 많이 한 지식인 못지않게 많은 것을 얻어들
어 알게 되므로, 정부에서도 인민들을 깨우쳐서 그들을 사회
주의 방향으로 이끄는 방편으로 연극이나 연예의 공연을
늘 이용한다. 마오쩌둥(毛澤東) 주석의 붉은 군대는 국민당 군
대의 포위망 속에 1927년 8월에 조직되었으나 그들은 처음부
터 전투보다도 농민과 노동자들 및 오지에 사는 소수민족을
상대로 그들이 좋아하는 전통연극이나 연예를 이용하는 문예

2 『甌北詩鈔』絶句 二.

공작文藝工作에 더 힘을 기울이었다. 1934년에는 마오쩌둥은 건설한 지 얼마 되지도 않은 장시(江西) 루이진(瑞金)의 소비에트 지역에서도 쫓겨나 이른바 험난한 곳을 이용하며 이리저리 숨어다녀야만 했던 이만리장정二萬里長征을 떠나 1936년에야 겨우 변두리 선시(陝西) 바오안(保安)에 도착하여 목숨을 보전한 뒤 엔안(延安)을 근거지로 삼아 명맥을 부지한다. 그런 중에도 붉은 군대는 농민과 가난한 오지의 사람들을 자기편으로 끌어들이기 위한 전통 연예를 이용한 공작을 멈추지 않았다. 마오 주석이 1942년 이른바 「문예강화文藝講話」를 발표하여 자기네 문예 노선을 분명히 밝힌 뒤 샨시(山西) 지방을 중심으로 벌였던 앙가운동秧歌運動은 특히 유명하다. 앙가秧歌는 본시 모심기노래인 노동요에서 출발하였지만 그 노래가 여러 지역으로 퍼져 나가면서 그 가락을 이용하여 긴 얘기를 설창說唱하는 속강俗講으로 발전하기도 하고 두세 사람의 출연자가 나와 간단한 연극 형식의 희곡戱曲으로도 발전하였다. 물론 백성들이 가장 좋아하는 것은 희곡 형식의 '앙가'이다. 1943년부터 1년 반 정도의 기간에 창작 공연된 '앙가'의 작품 수가 300여 편에 이르고, 관객은 800만 명이 넘었다 한다.[3] 이를 바탕으로 마오쩌둥은 농민과 노동자와 소수민족의

3 『延安文藝叢書』 秧歌劇卷 前言 창조.

마음을 사로잡아 내전에서 현대무기로 무장한 막강한 국민당 군대를 이겨내고 대륙본토를 모두 차지할 수가 있었다.

그 뒤의 문화대혁명 때(1966-1976)에는 특히 13억의 중화민족 위아래 사람들 모두가 좋아하는 자기네 전통연극인 경극京劇을 새로 편극한 작품인 『지취위호산智取威虎山』·『홍등기紅燈記』·『해항海港』·『사가빈沙家濱』·『기습백호단奇襲白虎團』과 신편 가극인 『백모녀白毛女』·『홍색낭자군紅色娘子軍』 등을 '혁명의 본보기 연극(革命樣板戲)'이라 부르며 이를 통하여 백성들을 사회주의 혁명의 방향으로 자연스럽게 이끌려 하였다. 그리고 1980년대에 들어와서는 서북공정西北工程과 동북공정東北工程을 이루어 대중국을 건설하기 위하여는 백성들의 중국 역사관부터 고쳐놓아야 한다고 생각하고 이를 위한 경극도 창작케 하였다. 80년대 초에 나온 두 종류의 『당태종唐太宗』, 마오펑(毛鵬)이 지은 『강희제출정康熙帝出征』, 조우창푸(周長賦)가 만든 『추풍사秋風辭』, 꿔머러(郭沫若)의 화극을 개편한 『무칙천武則天』, 장이모우(張藝謀)가 만든 『영웅英雄』 등 무척 많다. 이 중 『추풍사』는 한漢나라 무제武帝, 『영웅』은 진秦나라 시황제始皇帝를 주인공으로 한 것인데, 당나라 태종·청淸나라 강희황제·당나라 여황제인 무칙천과 함께 모두가 폭군이나 잔인한 황제가 아니라 대중국의 터전을 이룩한 위대한 황제임을 인식시키려는 것이다. 이뿐 아니라 지금 중국 정부는 이러한 전통 연극의 공연을 통하여 온 백성들을 교육하고 이끌어 자기들이 바라는 사회주의 혁명을 이룩하고도 있다.

중국은 하류층 백성들이 자기네 전통 연극과 연예를 즐기면서 자연스럽게 지식을 얻고 또 모두가 함께 어울리어 즐기기 때문에 가난하면서도 매우 튼튼하다. 청나라 말엽 여러 제국주의자들이 침략하여 아편전쟁이나 청일전쟁 등을 일으키면서 중국을 멋대로 주무르면서 쪼개어 먹기도 하였지만 그나라가 줄어들기는커녕 오히려 커진 것은 글도 모르고 가난한 낮은 백성들 덕이다. 지금 거대한 중화인민공화국이 이루어져 발전하고 있는 것도 무식하고 가난하다고 무시하기 쉬운 아래의 인민들의 힘을 바탕으로 하고 있다.

2014. 12. 9

4

『논어(論語)』를 근거로 달리 읽는 한자

『논어』를 근거로 달리 읽는 한자가 있다. 「옹야雍也」편을
보면 공자가 제자인 안회顏回를 다음과 같이 칭찬하는 말이
보인다.

"한 그릇 밥을 먹고 한 쪽박 물을 마시며 누추한 거리에 산
다면, 남들은 그 괴로움을 감당치 못할 터인데, 안회는 그의
즐거움이 바뀌지 않는다."

一簞食(식), 一瓢飲, 在陋巷, 人不堪其憂, 回也不
일 단 사   일 표 음   재 루 항   인 불 감 기 우   회 야 불

改其樂.
개 기 락

'食'이란 글자를 여기에서는 '사'라고 읽는 것이 습관이 되어 있다. 「술이述而」편에도 다음과 같은 공자의 말이 보이는데 역시 '食'을 '사'로 읽는다.

"거친 밥을 먹고 물을 마시고, 팔을 굽혀 베개 삼고 있어도 즐거움은 그 가운데 있다!"

飯疏食(식), 飮水, 曲肱而枕之, 樂亦在其中矣!
반 소 사   음 수   곡 굉 이 침 지   낙 역 재 기 중 의

여기의 '食'은 모두 '밥'이라는 뜻이다. 전혀 다른 곳에서는 '밥'이라는 뜻으로 쓰는 '식食'자를 '사'로 읽는 경우가 없다. 주희(朱熹, 1130-1200)가 그의 『논어집주論語集註』에서 "食은 음이 사嗣"라고 두 곳 모두 음을 달아놓았기 때문에 그렇게 읽는 것이 습성이 되었다. 그런데 「위정爲政」편에는 "술과 음식이 있으면, 어른이 먼저 드시게 한다.〔有酒食, 先生饌.〕"는 구절에서도 주희는 "食은 음이 사嗣"라고 달아 놓았는데, 여기서는 그대로 '식'음으로 읽는 이들이 많다. 음식飮食이나 다식茶食의 경우와 '식'자의 쓰임이 같기 때문이다.
「옹야」편에는 다음과 같은 유명한 구절이 있다.

"지혜로운 사람은 물을 좋아하고, 어진 사람은 산을 좋아한

다."

知者樂(락)水, 仁者樂(락)山.
지 자 요   수   인 자 요   산

여기에서 '락樂' 자를 '요'라고 읽는 것도 『논어집주』에 주희가 그 글자 음이 '오교반五教反' 곧 '요'라고 표시해 놓았기 때문이다. 이 경우 우리나라에서는 '樂' 자를 '낙'이라 읽으면 무식하다고 한다. '좋아한다'고 할 때는 '요'라 읽어야하고, '즐긴다'고 할 때는 '낙'이라 읽어야 한다고 말하고 있다. 그러나 '좋아하는 것'과 '즐기는 것'이 어떻게 다른가? '요수요산樂水樂山'을 '낙수낙산'이라 읽고 '물을 즐기고 산을 즐긴다.'고 옮기면 공자의 뜻에 어긋나는 것일까? 공연히 락樂이라는 글자에 따로 쓸 필요가 없는 '요'라는 독음을 하나 늘여놓아 혼란만 가져오게 한 것이 아닐까 한다.

「미자微子」편에는

"지팡이를 꽂아놓고 김을 매다."

植(식)其杖而芸.
치   기 장 이 운

라는 구절이 보인다. 여기에서도 '식植'의 독음은 주희가 '치

値'라 표시해 놓았기 때문에 모두들 '치'라고 읽는다. 그런데 주희는 지금의 푸젠(福建)성에서 나서 남쪽 지방에서 산 베이징 지역의 중국어는 할 줄도 모르는 사람이다. 남쪽 사람들은 한자의 독음도 북쪽 사람들과 크게 다르다. 더구나 중국 음은 直(직)자가 붙어 그 글자의 음을 이루고 있는 値(치)·殖(식)·置(치)·埴(식) 같은 글자의 음이 '植'자 까지도 모두 Zhi이다. 성조도 모두 같은 제2성聲인데 '置'만이 제4성이다. 주희가 『논어』를 주석하면서 표기해 놓은 독음이 우리에게는 한자의 읽는 음을 공연히 번잡하기만 하게 만들어놓고 있는 것이다. '땅에 심는 것'과 '땅에 꽂는 것'이 얼마나 크게 다르다고 읽는 음을 다르게 하는가?

다시 「공야장公冶長」편에는 유명한 다음과 같은 대목이 보인다.

"듣기 좋게 말이나 잘하고 보기 좋은 얼굴빛을 꾸미고 지나치게 공손하다."

巧言令色足(족)恭.
교 언 령 색 주   공

주희가 여기에서 '足'은 장수반將樹反 곧 '주'로 읽으라고 달아놓았기 때문이다. 그러나 "충분히(너무나) 여유가 있다."는 뜻으로 "족족유여足足有餘"라 하고, "충분한 식량" 또는 "넉넉히 먹다"는 뜻으로는 "족식足食"이라 한다. 그리고 '足'자의 중국 독음은 언제나 'ZU'이다. 공연히 번잡하게 '주'라고 읽을 필요가 없다. '족'이라는 음 하나면 충분하다.

그렇다고 주희가 『논어』에 달아놓은 음을 모두 그대로 따라 읽는 것도 아니다. '족공足恭'이란 말이 보이는 「공야장」편의 바로 앞 대목에는 '식초'를 뜻하는 '혜醯'자가 보이는데, 주희는 그 글자의 음을 "호서반呼西反" 곧 '허'라고 읽으라고 달아 놓았는데 그렇게 읽는 사람은 없는 것 같다. 「팔일八佾」편을 보면 "그림 그리는 일"을 뜻하는 '회사繪事'란 말의 '繪'의 음을 "호대반胡對反" 곧 '해'라고 읽으라 하고, 같은 편 두 대목 뒤에는 "임금이 지내는 제사"를 뜻하는 '제禘'라는 글자가 나오는데 주희는 "禘의 음은 대계반大計反이다" 곧 '데'로 읽으라고 하였는데, 그렇게 따르는 사람도 없는 것 같다.

유가의 경전 중에서도 읽는 음이 가장 중요한 것은 주周나라 초기의 시가집인 『시경詩經』이다. 따라서 주희의 『시집전詩集傳』을 보면 어떤 경전의 주해서註解書 보다도 본문의 글자 읽는 음을 많이 표시해놓고 있다. 그런데 『시경』을 읽는 경우에는 주희가 표시해 놓은 글자의 음에 모두가 무관심한 듯하다. 보기로 『시경』 첫머리 국풍國風 주남周南의 「관저關雎」시의 경우를 살펴보기로 한다. 운韻을 맞추기 위하여 음을 표시

한 "寤寐思(오매사)服(叶 蒲北反- 폭)" "左右(좌우)采(叶 此履反-치)之(지)" 같은 경우는 제외하더라도 읽는 음이 보통 우리가 읽는 것과 다르게 표시되어 있는 글자가 네 글자나 있다. "關關雎鳩(관관저구)"의 '雎' 자가 '七余反(칠여반)' 곧 '쳐'로 표시되어 있고, "窈窕淑女(요조숙녀)"의 '窕' 자는 '徒了反(도료반)' 곧 '됴'로 표시되어 있으며, "參差荇菜(참치행채)"의 '參' 자는 '初金反(초금반)' 곧 '츰'으로 표시되어 있고, "輾轉反: 側(전전반측)"의 '輾' 은 '哲善反(철선반)'으로 표시되어 있으니 '천'으로 읽어야 한다. 모두 주희를 따르지 않고 있다. 용풍鄘風의 「간모(干旄)」시의 보기를 하나 더 든다. "孑孑干旄(혈혈간모)"의 '孑' 자의 음을 '居熱反(거열반)' 곧 '결'로 표시하고 있고, "在浚之郊(재준지교)"의 '浚' 자의 음을 '蘇俊反(소준반)' 곧 '순'이라 표시하고 있으며, "何以畀之(하이비지)"의 '畀' 자의 음은 '必寐反(필매반)' 곧 '패'라 읽도록 표시하고 있고, "何以告之(하이고지)"의 '告' 자의 음은 '姑沃反(고옥반)' 곧 '곡'으로 읽도록 표시되어 있다. 『논어』의 경우에는 주희의 지시를 절대적인 것으로 알고 따르면서 『시경』을 읽을 적에는 주희를 따르지 않고 있으니 어찌 된 영문인지 알 수가 없다.

어떻든 한자의 읽는 음은 되도록 간편하게 통일하도록 노력해야만 할 것이다.

2014. 4. 28

5
가부끼(歌舞伎)와 경극(京劇)

    얼마 전에 신촌에 갔다가 우연히 길가에 헌책방이 있는 것을 발견하고 들어갔다가 헌 일본 잡지 『문예춘추文藝春秋』(2011년 2월호)를 한 권 샀다. 잡지 표지에 '중국과 앞으로의 「정의正義」를 얘기해보자'는 여러 명의 명사들이 쓴 '대형기획大型企劃'의 특별기사가 실려 있다고 씌어있기 때문이었다. 중국에 관한 여러 가지 글과 함께 「김정은과 삼국지」 같은 북조선에 관한 기사도 끼어있어 재미있게 잡지의 글을 읽었다. 그중에서도 각별한 느낌을 받은 것은 일본의 전통연극 가부끼의 배우인 반도다마사부로오(坂東玉三郎) 씨가 쓴 「나에게는 미국보다도 중국이 더 잘 맞는다」는 글이었다.

'반도'라는 가부끼 배우는 일본의 전통 연극인 가부끼에서 남자이면서도 여자 주인공 역할을 하는 배우였다. 그는 이 글의 첫머리에서 2010년에 중국 수조우(蘇州)의 소주곤극원蘇州崑劇院으로 가서 중국의 고전극인 곤극崑劇의 명작『모란정牡丹亭』의 여주인공인 두려낭杜麗娘 역을 소주곤극원의 전문 배우들과 함께 연출했다고 하였다. 정말 놀라운 일이다. 일본 사람인 그가 가부끼의 여자 역할을 전문으로 하는 배우라 하더라도, 중국에 가서 '수조우'라는 고장의 방언까지 익힌 다음 중국 배우들과 함께 중국의 가장 오래되었다는 일종의 가무극歌舞劇인 '곤극'의 대표작『모란정』의 여주인공 역을 맡아 좋은 평가를 받았다는 것은 정말 믿기지 않는 일이다. 일본 남자가 중국의 미녀처럼 창하기도 어렵고 여자 같은 동작은 말할 것도 없고 중국 미녀의 몸짓으로 춤을 추기는 더욱 어려운 일이다. 정말 놀라운 일이다.

중국의 '경극'계에는 청나라 때부터 남자로서 여자역할을 하는 단역旦役 배우들이 크게 활약하였다. 특히 중화민국이 이룩된 무렵(1911년)에는 사대명단四大名旦이라 부르던 대단한 인기를 누린 네 명의 배우들도 활약하였다. 그중에서도 첫째로 손꼽히는 메이란팡(梅蘭芳, 1894~1961) 같은 배우는 중국뿐만이 아니라 일본을 비롯하여 미국과 유럽 여러 나라에도 알려진 세계적인 명배우이다. 이런 배우들이 활약한 중국에 가서 일본의 남자 가부끼 배우가 '곤극'의 대표작인『모란 정』의 여주인공 역을 맡아 중국 배우들과 함께 공연하여 좋은 평을 받았다니 놀라는 수밖에 없는 일이다.

'곤극'은 곤곡崑曲 또는 곤강崑腔이라고도 부르는데, 본시 명明나라 중엽 16세기에 수조우 바로 옆의 작은 도시 곤산崑 山에서 개발되어 발전한 그때 성행한 희곡인 전기傳奇[1]의 음 악 가락의 일종이다. 그 가락이 특히 아름답고 우아하여 다른 여러 가지 희곡 음악의 가락을 제치고 크게 유행하였다. 청淸 대에 이르러서는 화부희花部戲[2]라고 부르는 새로운 형식과 가락으로 연출되는 여러 지방마다 서로 다른 희곡이 크게 유 행하였으나 이전의 전통 희곡 중 '곤극'만은 그 연행이 끊이 지 않고 지금까지도 이어지고 있다. 그런 중에 2001년

---

1 傳奇 : 중국의 희곡은 元대에 와서 歌舞戲적인 성격을 벗어나 규모 가 큰 雜劇이 이루어진다. 雜劇은 보통 한 작품이 4折(幕)로 이루 어 지고 북쪽 지방 음악인 北曲을 썼다. 明대에 와서는 다시 數十 齣으로 이루어진 더 길어지고 남쪽의 음악인 南曲을 쓰는 傳奇가 유행한다.『牡丹亭』도 55齣으로 이루어진 長篇이다.
2 花部戲 : 淸대에 와서는 여러 지방마다 자기 지방의 음악과 方言을 사용하는 地方戲가 발전하는데, 이를 지식계급에서 좋아하던 崑劇 과 대비시켜 花部戲라 불렀다. 그러나 後期에 가서는 花部戲 중에 北京을 중심으로 하는 지역에서 京劇이 이루어져 크게 流行하여 중국 傳統戲曲의 중심을 이루게 된다.

UNESCO에서 중국 사람들이 가장 오래된 자기네 전통연극이라고 내세우는 '곤곡崑曲'을 〈인류의 구술口述 및 비물질문화유산의 대표작〉으로 지정하자 중국 연극계에서는 자기네 전통연극을 세계화하겠다고 기염을 올리고 있다. 그리고 『모란정』은 명대 탕현조(湯顯祖, 1550-1616)가 지은 그 '곤극'을 대표하는 작품이다. 따라서 '곤극'의 명배우를 많이 갖고 있는 소주곤극단蘇州崑劇團과 상해곤극단上海崑劇團 등은 중국 내뿐만이 아니라 미국과 유럽 여러 나라 등 온 세계를 돌면서 『모란정』을 중심으로 '곤극'을 공연하며 그것을 세계적인 가극으로 발전시키겠다고 열을 올리고 있다. 그러한 작품의 여주인공 역할을 일본의 고전극 '가부끼'의 남자 배우가 중국에 가서 해냈다는 것이다.

실은 '반도' 선생은 일찍부터 앞에서 얘기한 중국의 경극배우 메이란팡(梅蘭芳)의 연기에 매혹되어 있었고, 특히 메이란팡의 연기 중에서도 당唐나라 현종玄宗 황제와 양귀비楊貴妃의 사랑을 다룬 『귀비취주貴妃醉酒』라는 경극에서 보여준 양귀비 역할에 반해 있었다 한다. 때문에 자신이 20세 무렵에 아버지가 "너는 새로운 작품 중에서 마음대로 고르라면 무슨 역할을 가장 하고 싶으냐?"고 물었을 때 "양귀비 역을 하고 싶습니다." 하고 잘라 대답하였다 한다. 이때 아버지는 "너무 엉뚱한 생각은 말아라!"고 충고하였지만 24살 때 아버지가 돌아가신 뒤에도 자기의 소망은 계속 간직하고 있었다 한다. 그런 중에 1987년에는 가다오까(片岡)라는 가부끼 감독이 『현종玄宗과 양귀비楊貴妃』라는 작품을 무대에 올리게 되었는데 그 양귀비 역을 자신이 맡아 공연하였다는 것이다. 이때 그는 먼저 베이징(北京)으로 달려가 중국 경극 최후의 여자 주인공인 단역旦役 남자배우라고 칭송되는 메이란팡의 아들 메이바오지우(梅葆玖)와 그의 여동생 메이바오웨(梅葆玥)[3]를 찾아가 직접 양귀비 연기와 동시에 필요한 창과 춤에 대한 지도를 받았고, 도쿄(東京) 신교연무장新橋演舞場에서 공연하는 동안에도 이들이 일본으로 찾아와 여러 가지를 지도하고 가르쳐 주었다 한다. 다시 1991년에는 무용극인 『양귀비』에도 출연하였다고 한다. 그는 이렇게 쌓아온 경험과 수련이 있었기 때문에 2010년에는 중국으로 건너가 곤극인 『모란정』의 여주인공 두려낭杜麗娘 역을 성공적으로 해낼 수가 있었을 것이다.

'반도' 선생의 글에 따르면 그의 아버지며 할아버지도 모두 가부끼의 여자 역 배우였다. 1926년 그의 할아버지와 아버지가 몇 명의 일본 가부끼 배우들과 어울리어 중국을 방문

---

3 梅葆玖와 梅葆玥 男妹는 아버지 梅蘭芳과도 여러 번 京劇을 공연하였으며, 梅葆玖는 중국 최후의 女主人公 役 專門의 男子俳優라 稱頌 받았으나 지금은 나이가 많아 梅蘭芳京劇團을 男妹가 함께 운영하고 있다. 우리나라에는 1900년대 초에 京劇 『覇王別姬』에서 梅葆玖가 虞姬로 出演하여 유명하다.

한 일화도 쓰고 있다. 그때 30대의 전성기였던 메이란팡이 많은 저명한 정치가와 지식인과 실업가들 같은 각계의 인사들을 데리고 나와 마중해 주었고 환영 만찬에는 밤을 새우면서 술 마시고 노래를 주고받으며 즐겼다 한다. 그리고 귀국할 적에는 그들로부터 비단으로 만든 중국의 옷과 모자 등을 선물로 받았다고 하였다.

반대로 중국의 경극 배우들은 일본에 가서 경극을 공연하고 대우도 역시 잘 받고 있다. 보기를 들면, 1956년 메이란팡이 63세의 나이로 86명의 경극 단원을 이끌고 일본을 방문하여 53일 동안 도쿄(東京)를 비롯하여 교토(京都)·오사까(大阪)·후꾸오까(福岡) 등 12개 도시를 돌면서 공연을 한 일이 있는데 일본의 경극에 대한 반응은 열광적이었다. 교토에서는 입장료가 1,500원[4]이었는데도 공연 10여 일 전에 표가 매진되었고,[5] 후꾸오까에서는 1,300석 극장인데 관중의 요구로 입석을 200석이나 더 팔았고, 공연 날에는 극장 문 앞에 2시간 전부터 줄을 서서 개장을 기다렸다 한다. 중국 경극 단원들은 공연을 하는 한편 일본의 연예인들과 환담회도 갖고, 일본의 전통극을 감상하기도 했으며, 18개 대학을 방문하여 강

4 日本에서 入場料가 가장 비싸다는 歌舞伎도 1,000원 이하였다.
5 吉川幸次郎 『閑情の賦』 梅蘭芳その他 의거.

연 및 경극의 연기와 동작 시연 등을 하였다 한다. 그리고 단원들은 몇 명씩 나누어져 자기 기호에 따라 일본의 무악舞樂 · 난릉왕蘭陵王 · 노(能, 2개 반) · 교겐(狂言, 4개 반) · 가부끼(歌舞伎) · 경무京舞 · 화류파花柳派 · 서기파西崎派(3개반) · 고전음악 · 샤꾸하찌(尺八) 등을 일본 선생을 모시고 공부하였다. 한편 일본 배우들에게는 경극을 가르쳐 주고 필요한 옷과 도구 등도 모두 증정하였다. 일본에서는 경극단을 정성을 다해 접대하고, 경극단은 성의를 다하여 일본 사람들을 위해 공연하였다.[6]

다시 최근 헌책방에서 일본 가부끼의 유명한 여자 역 배우인 이찌가와엔노스께(市川猿之助)가 쓴 『슈퍼 가부끼』[7]라는 책을 손에 넣었다. 거기에는 저자인 가부끼의 배우인 그가 1989년 3월 중국의 경희 전문가들과 합작하여 경희의 연기를 가미하여 만든 가부끼 『용왕龍王』을 여러 해의 교섭 끝에 합작하기로 하고 오랫동안의 연습을 하여 많은 어려움과 문제를 이겨내고 성공리에 그 작품을 연출한 경험담이 실려 있다.[8] 1991년 1월에는 중국경극원中國京劇院과 일본 신제작좌新制作座가 합작하여 일본 작가 마야마세이가(眞山青果) 원작

6 梅蘭芳의 自敍傳으로 『舞臺生活四十年』이 있다.
7 日本 東京 集英社 發行, 2003. 2. 19.
8 三. 「龍王」-京劇과의 日中 合作 (P. 49-74) 참조.

의 희곡『판본용마坂本龍馬』를 경극으로 개편하여 연출하고
도 있다. 1999년에는 역시 중국의 경극 전문가들과 합작으로
『신新·삼국지三國志』Ⅰ을 공연하고, 다시 2000년에는『신·
삼국지』Ⅱ, 다시 2003년에는『신·삼국지』Ⅲ을 시리즈로 엮
어 공연한다. 이찌가와는 기본적으로는 연출 기법이 경극이
나 가부끼나 크게 다를 것이 없다고 생각하고 있다. 그와 이
름이 같은 그의 할아버지도 가부끼의 여자 역 배우인데 1955
년에는 가부끼의 첫 번째 해외공연으로 중국에 가서 공연을
하였으며, 다음 해 메이란팡의 내일 공연은 그에 대한 답례의
성격도 띄고 있다고 하였다.

　　다시 뒤에 중국의 대표적인 희곡 학술지『중화희곡中華戲
曲』제40집輯[9]에는 일본의 이다다니(板谷俊生)가 쓴 '1955,
1956년의 교류를 중심으로 하여' 라는 부제가 붙은「가부끼
와 경극의 교류(歌舞伎和京劇的交流)」라는 글을 캉러(康樂)가
번역하여 싣고 있는 글을 읽었다. 이 글에 의하면 여기의 '이
찌가와엔노스께' 의 할아버지인 '이찌가와엔노스께' 2세는
1955년에 모두 61명의 가부끼좌(歌舞伎座) 인원을 이끌고 중
국에 가서 가부끼를 연출하여 대단히 환영을 받았다. 앞에서

---

9 中國戲曲學會·山西師範大學戲曲文物研究所 主辦, 2009년 北京
　　文化藝術出版社 刊.

소개한 1956년 메이란팡의 경극단 방일 공연은 그 답례의 성격도 띤 것이라 하였다. 그때 『인민일보人民日報』[10]에 실린 중국희극가협회中國戲劇家協會의 주석主席 톈한(田漢, 1898-1968)이 그들의 가부끼 공연에 대하여 쓴 「심각하게 받은 인상(深刻的印象)」이란 글에는 다음과 같은 대목이 실려있다고 하였다.

"가부끼는 중국의 관중들에게는 신선한 것이었으나, 생소한 것은 아니었다. 가부끼의 표현 방법은 중국의 희극과 친밀한 혈연관계가 있다. 그들의 춤사위와 호흡과 동작 등등은 우리가 매우 쉽사리 그들을 이해할 수가 있었다.""「권진장勸進帳」같은 전투극은 우리에게도 많이 있는데, 이 연극 중에서는 일본 인민들의 기지와 용감함이 잘 표현되고 있다."[11]

그리고 이찌가와엔노스께의 연기에 대하여도 극찬을 하고 있다.

이처럼 중국과 일본의 전통연예계는 서로 배우고 협력하면서 서로의 연예를 발전시키고 있는 것이다. 따라서 중국에

---

10 1955년 10월 7일 版.

11 "歌舞伎對中國觀衆是新鮮的, 但不是陌生的. 它的表現方法跟中國戲劇有着親密的血緣, 它的舞姿,呼吸,亮相等等我們非常容易了解它們.""像「勸進帳」這樣的 '過關戲' 我們也有不少, 這出戲中表現了日本人民的機智,勇敢."

서는 여러 편의 일본의 가부끼 같은 전통연예 작품을 경극으로 개편하여 공연하고, 일본 측에서도 중국의 경극 등의 전통연예 작품을 가부끼 등으로 개편하여 공연하면서 서로의 연기와 연출 방법을 배우고 발전시키기에 힘쓰고 있다.

앞에 소개한 여자 역을 하는 일본 남자배우들은 그들의 글에서 자기 할아버지와 아버지도 가부끼 배우였음을 밝히고 있으니, 몇 대나 전수되고 있는 직업인지 모른다. 중국의 명배우 메이란팡의 경우에도 할아버지 매교령(梅巧玲)이 여역으로 이름을 날린 배우였고 그의 아버지와 아들도 모두 경극의 유명한 여자 역 배우이다. 옛날에는 중국이나 일본 모두 배우들이 천한 직업으로 여겨지던 풍토였는데도 그들은 자신의 가업을 존중하고 계승 발전시켰던 것이다. 청대 말엽부터는 이들에 대한 사회적인 인식도 달라져 메이란팡의 경우를 보면 중국경극원 원장을 역임하면서, 정협전국위원회政協全國委員會 상무위원常務委員, 전국인민대표대회 대표, 중국문학예술계연합회 위원, 중국문련中國文聯 부 주석, 중국극협中國劇協 부주석 등을 맡아 장관급의 대우를 받았다. 1953년 그가 한국전쟁에 참여하고 있는 중공지원군을 위문하려고 부조위문단赴朝慰問團을 이끌고 북조선을 방문하였을 적에는 김일성과 최용건이 그를 마중하였다 한다.

그들의 글을 읽으면서 우리가 반성하고 배워야 할 일이 무척 많다고 느꼈다. 우리는 지금 이웃나라와의 문화관계에 있어서 흔히 '한류'를 내세우며 우쭐하고 있다. 그러나 한류의 영향은 '반도'가 얘기하고 있는 일본과 중국 사이의 전통 연예를 통한 교류처럼 밀접하고 진실하지는 못하다. 한류의 영향이나 유행은 일시적이라고도 할 수 있다. 그러나 전통연예란 우리의 혼과 역사를 바탕으로 이루어진 것이어서 그것을 통한 교류는 진실하고 영원하다. 우리도 일본의 가부끼와 중국의 경극의 교류처럼 이웃나라와 전통연예를 바탕으로 한 교류가 이루어졌으면 좋겠다. 전에 메이란팡은 우리나라 무용가 최승희로부터 여러 가지 미인의 춤사위를 배우고 익혔다는 말을 들은 일이 있다. 그리고 우리나라 무용가 중에는 메이란팡에게서 많은 것을 배워 자기 이름까지도 그의 이름 글자를 따서 지은 이가 있다는 것을 알고 있다. 그런데 지금 와서는 우리 스스로가 우리의 전통연예를 가벼이 보는 경향으로 가고 있는 것은 아닌가 걱정이 된다. 이에 따라 남의 나라 전통연예에 대하여도 관심이 희박하다. 중국의 경극은 중국의 위아래 계층 사람들 모두와 소수민족들까지도 다 같이 즐기고 있는 연극인데, 이에 대한 관심을 지닌 이는 보기 힘들 정도이다. 일본에 대하여도 옛날 우리가 여러 가지 중국의 연예를 익혀서 전해주었다는 자부심만 내세우고 있지 가부끼나 노(能) 같은 일본의 전통연예를 제대로 알아보려는 노력을 하는 이는 극히 드물다. 우리도 우선 우리의 전통연예를 다시 진작시키고, 일본의 가부끼와 중국의 경극 분야처럼 진지하게 서로의 전통연예를 바탕으로 한 이웃나라와의 교류가 늘어나게 되기를 간절히 빈다.

2014. 4. 4

6

타이징눙[臺靜農]의 소설
「나의 옆방 친구[我的鄰居]」를 읽고

　내가 1959년 대만대학臺灣大學에 유학하면서 인간적으로
그리고 학문적으로 큰 영향을 받은 타이징눙(臺靜農, 1902-
1990) 선생님께 『나의 옆방 친구(我的隣居)』라는 단편소설 작
품이 있다는 것은 근년에 와서야 알게 되었다. 그리고 이 작
품을 읽으면서 이것은 선생님이 직접 겪은 실화를 바탕으로
쓴 소설이라고 짐작하게 되었다. 왜냐하면 여기에서 선생님
이 '나의 옆방 친구'라고 부르고 있는 사람은 1924년 일본 천
황이 사는 황궁을 폭파하려다가 황궁 문 앞 이중교二重橋에
폭탄 세 개를 던지고 일본 경찰에 잡혀가서 감옥살이를 한 뒤

에 죽은 우리의 애국열사 김지섭(金祉燮, 1884-1928)[1]임에 틀림이 없다고 여겨지기 때문이다. 선생님이 이 소설에서 읽었다는 일본에 관한 신문기사는 다음과 같은 내용이다.

"폭도인 조선 사람 한 사람이 황궁을 폭파하려다가 경찰에 잡히어, 이미 얼마 전에 법에 따른 처분이 내려졌다. 그 범인은 나이가 20여 세이고 몸집은 작은 편인데 얼굴은 약간 얽은 곰보이다. --- "

이는 틀림없이 김지섭의 의거에 관한 기사이다. 김지섭의 의거 직후의 기사가 아니라 이미 그가 잡혀가 재판을 받고 지바형무소(千葉刑務所)에 수감된 뒤에 중국에는 김지섭의 의거 소식이 뒤늦게 전해져서 중국 신문에서는 그에 관한 소식을 뒤늦게 간단히 실은 것임이 분명하다. 다만 "20여 세"라는 나이가 들어맞지 않는데, 이는 중국 신문 기자의 잘못이거나 선생님의 착각일 것 같은데, 선생님의 착각 가능성이 많다. 선생님이 김지섭을 만났던 곳이 베이징(北京)의 학생들 숙사의

---

1 金祉燮의 生平에 대하여는 金容稷 교수가 關聯資料를 주면서 많은 것을 가르쳐 주었고, 『國史大辭典』(柳洪烈 主編, 東亞文化史), 『韓國人名大辭典』(李熙昇・朴鍾鴻 等編, 新丘文化社) 등 및 인터넷을 검색하였음.

햇볕도 잘 들지 않는 구석진 곳이었고 그는 다 해진 학생복을 입고 있었기 때문이다. 선생님은 40세가 다 된 김지섭을 자기와 비슷한 나이의 사람으로 잘못 알았을 것이다. 더구나 김지섭이 묵었던 선생님 옆방은 앞이 높은 담으로 가려져서 하루 종일 햇빛도 들지 않는 음산하고 축축한 방이고 이전에는 늘 비어있어서 선생님은 '유령이 사는 곳'이라고 생각했을 정도의 방이다. 그러니 그 방 앞의 뜰도 그다지 밝지 않았을 것이다. 그런 곳에서 선생님은 김지섭을 짧은 시간 만났기 때문에 상대방의 나이를 잘못 알았거나 잘못 기억했을 가능성이 많다.

선생님이 김지섭을 만났을 적에 김지섭은 단추도 제대로 붙어있지 않고 더러운 때가 눈에 뜨이도록 더덕더덕 붙은 회색의 학생복을 입고 있었고, 발에는 앞쪽에 길게 터진 곳이 있고, 뒤꿈치는 아래편으로 닳아 비뚤어진 형편없는 구두를 신고 있었다고 하였다. 게다가 그에 관한 인상을 이렇게 쓰고 있다.

"얼굴은 약간 얽어 있었고 두 눈썹은 두 개의 단도 모양으로 아래로 쳐져서 위협적이었다. 몸집은 별로 크지 않았으나 매우 다부졌다. 그의 머리털은 이미 위쪽이 많이 빠져 있었으나 대머리가 된 늙은 학자 모습이 아니라 젊은이의 빼어난 모습으로 보였다."

그러니 그때 김지섭의 모습은 학생으로 가장한 강도 같은 거지였다. 이런 모습의 사람 나이를 정확하게 짐작한다는 것은 매우 어려운 일이다. 하기는 "그의 머리털이 위쪽은 많이 빠져 있다"고 했으니 이미 나이가 적지 않음을 짐작했을 수도 있는 조건이었다. 신문기사와 선생님의 인상 기록에서 말하고 있는 김지섭의 약간 얽어 있었다는 곰보 얼굴 모습은 확인할 길이 없어 유감이다.

김지섭은 3·1운동 뒤 1920년 중국으로 망명하여 1922년 의열단義烈團에 가입하고 적극적으로 조국의 독립운동에 뛰어든다. 1923년 1월에는 몇몇 동지들과 함께 조선 총독부 등 중요기관을 폭파하려고 폭탄 36개를 상하이(上海)로부터 텐진(天津)으로 운반한 뒤 다시 국내로 갖고 들어오려고 활동하였다. 그러나 일본 경찰에 그런 계획이 미리 알려져 동지들 몇 명이 체포되자 김지섭은 상하이로 도망쳤다. 같은 해 9월에 일본에는 관동대지진關東大地震이 일어난다. 이 작품에서 선생님이 괴상한 상대에게 언제 중국으로 왔느냐고 묻자, 그는 "금년 일본의 관동대지진 뒤에 왔다."고 대답하고 있다. 그러니 김지섭이 베이징의 학생 숙사에 숨어있으면서 타이징눙 선생님을 만난 것은 1923년의 가을이다. 작품에서 선생님이 김지섭을 만났을 적의 계절을 이렇게 묘사하고 있다.

"제비콩은 꽃이 피기 시작하고, 흰여뀌는 막 낮은 담 위까지
자라났고, 나팔꽃은 넝쿨이 감고 올라갈 곳이 없어 땅 위에
늘어져 있고, 잎이 푸르고 부드러운 위에 윤기가 나는 옥잠
화는 화분에 가득히 자라 있는데, 서쪽 하늘의 자줏빛 노을
속에 찬란한 햇빛은 온 뜰 안의 화초에 반사되어 그 색깔을
모두 바꾸어 놓고 있었다."

선생님의 소설에 따르면 김지섭은 1923년 가을 의거를 모
의하러 베이징에 학생을 가장하여 숨어들었다가 김 모라는
동지 때문에 중국 경찰에 잡혀간다. 이 뒤로 경찰에서 풀려나
폭탄 3개를 갖고 일본으로 잠입하여 일본 의회에 고관들이
모일 적에 그곳을 폭파할 계획을 세운다. 그러나 일본으로 건
너가는 중에 일본 의회가 마침 휴회를 하였음을 알게 된다.
이에 계획을 바꾸어 일본 천황이 살고 있는 황궁을 폭파하기
로 한다. 김지섭은 황궁 문 앞까지 삼엄한 경계 아래 준비해
간 폭탄을 들고 접근하여 황급히 이중교二重橋를 목표로 폭탄
세 개를 던졌으나 모두 불발에 그치고 일본 경찰에 체포되고
말았다. 그 폭탄은 배를 타고 일본으로 건너가는 동안 습기에
너무 젖어버려 폭발을 하지 못하였던 것 같다.

선생님은 이 작품에서 끝머리에 "우리는 이렇게 이별한 지일 년이 되었다."고 말하고 있으니 1925년에 이 소설을 완성한 것 같다. 1923년은 선생님이 21세 되던 해이다. 선생님은 이무렵 베이징(北京)의 북경대학北京大學 연구소에서 중국문학을 공부하면서 루신(魯迅, 1881-1936)을 스승으로 모시고 소설을 쓰기 시작하였다. 1924년에는 루신을 중심으로 주우쥐런(周作人, 1885-1968) · 순푸유안(孫伏園, 1894-1966) · 류반눙(劉半農, 1891-1934) · 위핑버(兪平伯, 1900-1990) 등의 젊은 문인들이 모여 어사사語絲社라는 문학단체를 결성하여 활동을 하다가 미명사未名社로 조직이 바꾸어진다. 타이징눙 선생님은 이때 여기에 참여하여 문학활동을 한다. 1925년에는 다시 루신의 지도 아래 망원사莽原社가 이루어지는데, 웨이수유안(韋素園, 1902-1932) · 리지예(李霽野, 1904-?) · 웨이충우(韋叢蕪, 1905-1978) 등과 함께 선생님도 여기에 참가하여 활동한다. 그리고 1926년에 발표한 선생님의 『땅의 아들(地之子)』 · 『탑을 세우는 사람(建塔者)』 등의 작품은 스승인 루신이 볼만한 작품이라고 칭찬을 하고 있다.[2] 선생님이 이러한 문학단체에서 활동하던 시기에 『나의 옆방 친구』도 쓴 것이라 여겨진다.

선생님은 그 뒤로 문학 창작활동은 접어두고, 1929년 27세

2 魯迅 『且介亭雜文』 憶韋素園君 참조.

에 새로 생긴 명문대학인 보인대학輔仁大學에서 교수 생활을 시작한다. 그 뒤로 나라의 정세가 어지러워지자 여러 곳을 옮겨 다니며 교직생활을 계속하였다. 마침 선생님이 타이완(臺灣)으로 옮겨가 계신 중에, 세계 제2차대전이 끝나고 장제스(蔣介石)의 국민당 정부가 타이완(臺灣)으로 옮겨왔다. 선생님은 타이베이(臺北)에 머물면서 대만대학臺灣大學 중문과 교수로 줄곧 계시다가 타이베이에서 일생을 마치셨다.

나는 1958년 대만정부가 국비장학생을 보내달라고 우리 정부에 요구한 덕분에 문교부의 공개선발시험에 운 좋게 합격하여 대만대학 대학원인 국문연구소國文研究所에 유학을 하게 되었다. 그때 대만대학 중국문학과의 주임교수로 계시면서 외국인 제자인 나에게까지도 지극한 사랑을 베풀어주신 이가 타이징눙 교수시다. 장제스 총통은 마오쩌둥(毛澤東)에게 온 중국 땅을 내어주고 타이완으로 피신을 하면서도 중국학 관계 유명한 교수들을 모두 이끌고 대만으로 왔다. 때문에 중국의 전통문학뿐만이 아니라 중국의 역사·철학·고고학 등 중국학 전 분야의 연구에 있어서는 대만대학이 갑자기 세계 최고의 학술 본산本山으로 떠올랐다. 내가 대만대학에 가서 강의를 들으며 직접 지도를 받은 교수들은 모두가 북경대학 교수 출신을 비롯한 중국문학에 관한 세계적인 명교수 다섯 분이었다. 나는 그분들을 학문에 있어서 만이 아니라 생활

방식에 있어서도 성인聖人과 같은 분들이라 생각하고 모든 면에서 그분들을 본받으려 하였다. 그 덕분에 나는 서울대학 중문과 교수가 되어 일하다가 퇴직한 뒤에도 지금까지 꾸준히 자기 자리를 지키며 살게 되었다고 생각한다.

선생님들은 제자 사랑이 모두 각별하셨다. 타이징능 선생님도 내가 가르침을 받고자 찾아뵙거나 논문심사를 받을 때 또는 학업을 마치고 귀국할 때 등 중요할 적마다 글을 써 주거나 직접 불러 말씀하시면서 격려를 해 주셨다. 중국의 근대 서예가 중에서도 지금 선생님의 글씨가 애호가들로부터 가장 존중을 받고 있다고 한다. 그런 소중한 글씨 액자와 족자를 나는 중국인 제자들이 부러워할 정도로 여러 폭 갖고 있다. 선생님은 1990년 89세가 되던 해에 돌아가셨는데, 돌아가시기 전해까지도 내가 타이베이로 가면 제자들이 모이는 저녁 식사 자리에 나와 약주도 함께 드셨다. 지극한 선생님의 사랑 이루 다 적을 수가 없다.

선생님의 이 「내 옆방 친구」라는 소설을 읽으면서 선생님의 나에 대한 사랑은 선생님이 '조선' 이란 우리나라를 좋아하신 데에서 말미암는 것 같아 이런 장황한 글을 쓰고 또 그 작품을 우리말로 옮겨 본다. 또 이 글을 통해서 의사 김지섭의 의거 직전 짧은 시기의 행적이 확인되기를 바라는 마음도 간절하다.

나의 옆방 친구〔我的隣居〕

타이징눙(臺靜農) 원작
김학주 번역

(1)

아침 해가 아직 뜨지 않은 대지를 짙은 서리가 뒤덮고 있어서 날씨는 무척이나 춥기만 하다. 시간은 여덟 시가 다되어 가는데 나는 그대로 한 마리의 애벌레처럼 따스한 이불 속을 벗어나지 못하고 있다. 이리저리 생각해 보다가 마침내 결심을 하고 시간은 다시 더 머물러주지 않는다고 생각하면서 남의 속임수에 넘어간 사람처럼 불펑스런 마음을 지닌 채 잠자리를 벗어났다.

추운 겨울의 엄습은 사람을 오그라들게 만들어 방문 밖으로 한 발자국도 나가지 않으려 들게 만든다. 그래서 강의를 들으러 나가지도 않게 되는데, 본시 강의실에 나가 보아야 얻어지는 것은 오직 지루함과 지치는 것뿐이기 때문이다. 창의 커튼을 걷어 올리고 단짝으로 된 창을 열어본다. 이때 햇빛이 천천히 문턱과 창문 유리를 뚫고 지나와 곧장 잠자리 위에 비치면서 또 붉은 칠을 한 책상 위에 널려있는 잉크병과 펜과 탁상시계며 거울을 각별이 환하게 비춰주었다.

나는 등나무 의자 위에 기대어 앉아 온몸이 따스하고 상쾌해지도록 햇볕을 쬐었다. 마치 한 늙은이가 햇볕 아래에서 그의 얼마 남지 않은 날짜를 보내고 있듯이 나는 손에 담배를 한 개비 들고 가볍게 빨고 있었다. 담배연기는 이 낮고 좁은 방안에 가득 차서 비치고 있는 햇빛과 뒤엉기면서 갑자기 나를 지난날의 꿈 속 허전한 먼 세상으로 되돌아가게 하였다. 내 마음은 사나운 바람 부는 물결 위의 작은 배 같이 정신을 차리기 어렵게 요동쳤다. 마치 한 늙은이가 말년에 그가 살아온 고장을 다시 생각해 보면서 느끼는 불안과 슬픔 같았다.

"오늘은 밀린 신문값 좀 주어요!"

신문 배달꾼이 다급히 문을 밀고 들어와 그의 포대 속에서 신문을 한 장 뽑아 들면서 한편 사정하는 말투로 말하였다.

"돈이 있으면 벌써 주었지!"

나는 마치 꿈을 꾸다가 깨어나는 것 같았다.

"안돼요! 벌써 석 달이나 밀렸어요!"

신문 배달꾼은 중얼중얼할 말을 하면서 두 어깨를 으쓱해 보이고는 다시 황급히 가버렸다.

그제야 신문을 펼쳐놓고 재빨리 저 한 무리의 인간들이 어떻게 전쟁놀이를 하고 있는가를 훑어보았다. 박격포와 기관총과 지뢰와 비행선 아래 죽는 수많은 자들이 있지만, 나는 그들에 대하여는 동정하는 마음이 조금도 일지 않았다. 간혹 자비로운 여인 같은 이들도 중국 사람들 중에는 무척 많기는 하지만 사람을 죽이는 것도 재미있는 일일지도 모른다.

나는 신문을 뒤적이다가 제 2면에서 일본과 관계되는 한 대목의 다음과 같은 기사를 발견하였다.

"폭도인 조선 사람 한 사람이 일본 황궁을 폭파하려다가 경찰에 잡히어 이미 얼마 전에 법에 따른 처분을 받았다. 그 범인은 나이가 20여 세이고 몸집은 작은 편인데 얼굴은 약간 얽은 곰보이다. --- "

나의 마음은 이 때문에 조금 전과 같은 불안한 상태로 되돌아갔다.

나는 신문을 밀어놓고 두 눈으로 허공을 응시하였다. 파란 담배연기가 햇빛과 엇섞이면서 내 주변을 감돌고 있었다. 나는 깊이 생각해 보고 싶지 않았지만 그 친구는 지난날의 여러 가지 일들을 끈질기게 이끌어내어 나의 머릿속으로 한꺼번에 몰려들도록 하고 있었다.

(2)

그것은 바로 지난해 유월이었다.

어느 날 나는 점심을 먹고 나서 몇 권의 책을 들고 강의를 들으려고 숙사의 문을 나서다가 한 대의 인력거가 문 곁에 서 있는 것을 보았다. 인력거에서 한 젊은이가 대소쿠리 하나를 들고 내렸다. 그 사람은 키가 작고 짧은 허름한 옷을 입고 있었지만 매우 몸이 튼튼하게 보였다. 그때 나는 같은 학교의 학군단 소속 학생일 것이라고 생각하면서 별로 주의도 하지 않고 떠났다.

우리가 서로 관심을 갖지 않거나 가벼이 보지 않는 것은 대학의 동학으로서는 별로 이상할 것이 없는 일이었다. 같은 학생들이 비록 같은 숙사에 함께 머물고 있다 하더라도 만약 어떤 관계가 없는 사이라면 절대로 서로 왕래하지 않았기 때문이다. 어느한쪽이 좀 더 오랫동안 머물게 된다거나 혹은 서로가 함께 졸업을 하게 된다 하더라도 그러하였다.

수업이 끝난 뒤 숙소로 돌아왔을 때 날은 이미 저물어가고 있었다. 제비콩은 꽃이 피기 시작하고 흰여뀌는 막 낮은 담 위까지 자라났고 나팔꽃은 넝쿨이 감고 올라갈 곳이 없어 땅 위에 늘어져 있고 잎이 푸르고 부드러운 위에 윤기가 나는 옥잠화는 화분에 가득히 자라 있는데, 서쪽 하늘의 자줏빛 노을 속에 찬란한 햇빛은 온 뜰 안의 화초에 반사되어 그 색깔을 모두 바꾸어 놓고 있었다. 나는 고요히 문가에 기대어 서서 옆집에서 흘러나오는 「매화삼롱梅花三弄」 가락을 듣고 있자니 하루의 피로가 모두 아름다운 황혼 속에 사라져 갔다.

"아저씨!"

좀 거칠고도 날카로운 목소리가 내 옆방에서 들려왔다. 그제야 나는 나의 이웃이 생겼다는 것을 알게 되었다. 동시에 나는 곧 의아한 생각을 갖게 되었다. 옆방의 앞쪽은 높은 담이 쳐져 있어서 햇빛을 완전히 차단하여 한낮이라 하더라도 방안은 음산한 기운이 돌았다. 대학에 다니는 학생이라면 무엇 때문에 태양이 내려쬐이는 세상으로부터 이러한 무덤 속으로 옮겨오는 것 같은 그런 방으로 옮겨와 살게 되었을까? 방값이 싸기 때문이라고 생각하자니, 내가 아는 이 숙사의 주인은 본시 값싸게 남에게 방을 내줄 사람이 아니다. 나도 방값만 밀린 것이 없었다면 벌써 이곳으로부터 옮겨갔을 것이다. 나는 나의 옆방에 대하여 때때로 마귀의 소굴이 아닐까 하는 무서운 생각을 지니고 있었기 때문이다. 밤중에 깨어서 쥐가 움직이는 소리를 들어도 바로 옆방의 마귀가 요사스런 짓을 하고 있다고 생각되었다. 그러면 이불을 머리에 푹 뒤집어쓰고 놀라서 온몸에 식은땀을 흘려야만 하였다.

그날 밤에는 내 마음이 좀 더 든든해져서 책을 읽거나 여러 가지 생각을 하면서 12시까지 앉아있었는데, 내게는 이미 이웃이 생겼기 때문에 겁을 낼 것이 없었기 때문이다. 나는 옆방의 마귀는 이미 산 사람에게 쫓겨 나가버렸다고 믿었다. 만약 지난날의 저녁이었다면 나는 어떻든 옆방의 친구들보다 일찍 자고 침대에서 저편에서 호금胡琴으로 연주하는 「매화삼롱」 가락을 들었을 것이다.

(3)

이 옆방의 친구는 언제나 하루 종일 그 음침한 방안에 틀어박혀 있는 것 같았다. 그의 방문은 언제나 닫혀 있었고, 그를 찾아오는 친구도 없었다. 가끔 그가 "아저씨!" 하고 소리치는 소리만을 들을 수 있었는데, 아저씨가 와서 그 방으로 들어가도 그가 무슨 말을 하는지 아무 소리도 들리지 않았다. 아마도 손짓으로

끓는 물을 좀 달라고 하는 이외에는 별다른 중요한 일은 없는 것만 같았다.

그가 "아저씨"를 부르는 묵직하면서도 날카로운 목소리를 가만히 들어보면 마치 한 군인이 싸움터에서 명령을 내리는 것 같았다. 비록 장강長江 일대의 남쪽 지방이나 북쪽의 베이징(北京) 사람 같지는 않지만 흡사 광둥(廣東) 사람이 처음 베이징으로 와서 북쪽 말을 배운 사람의 목소리 같았다. 그래서 나는 내 멋대로 나의 이 이웃은 광둥 사람이라고 추정하게 되었다.

그는 홀로 이처럼 외로운 생활을 하고 있으니 나는 곧 중국철학과의 친구일 거라고 추측하게 되었다. 그는 송宋대 성리학자性理學者의 영향을 받아서 결연히 친구들을 버리고 이 누추한 방으로 도망을 와서 고요히 좌선坐禪을 하면서 그의 이상적인 인간생활을 벗어난 생활을 하고 있는 것이라고 생각한 것이다. 그러나 이 나의 이웃이 그날 내가 문밖에서 만난 몸집이 작으면서도 다부지게 보이는 사람이라면 나는 즉시 내가 이 광둥 친구가 성리학자의 한 사람이라는 추측은 버려야만 했을 것이다.

그는 도대체 우리 대학의 학생인가 아닌가? 자기와 상관도 없는 사람에 대하여 여러 가지 추측을 하다 보니 나 자신도 매우 쓸데없는 짓임을 깨달았다. 더욱이 나는 탐정도 아니지 않은가? 그러나 무의식적으로 일어나는 나의 어지러운 생각을 떨쳐버릴 수가 없었다. 그래서 나는 내 스스로 광둥 친구라고 가정한 친구의 모습을 확인하고 싶어서 다급해졌다. 확실히 내 마음속의 의

혹을 씻어내기 위해서이다.

그 일은 내가 마음속으로 바라고 있던 것처럼 쉽사리 실현되었다. 그다음 날 오후 나는 강의를 모두 마쳤고, 햇빛은 담장을 뛰어넘은 듯이 지붕 위에 밝게 비치고 있을 때였다. 비록 날씨는 초여름이라고는 하지만 베이징은 대륙성 기후이기 때문에 햇빛이 땅으로부터 떠나기만 하면은 사람들은 비록 나머지 더운 기운이 아직 좀 남아있다 하더라도 바로 가뿐하고 시원함을 느끼게 된다. 이때 나는 느린 걸음으로 숙사 앞쪽으로 걸어가고 있었는데, 우리의 작은 뜰 쪽에서 터덕터덕 구두 발자국 소리가 들려왔다. 나는 나의 친구 A군이 S여학교의 무도회를 구경 가자고 나를 데리러 오는 줄로 알았다. 우리는 이날 구경한 것을 평론할 자료를 보다 많이 얻기 위하여 약간 빨리 가자고 약속이 되어 있었기 때문이다. 때문에 나는 재빠르게 우리의 작은 뜰로 달려나갔는데, 뜻밖에도 그 사람은 나의 친구 A군이 아니고 내가 만나보고자 하던 광둥 친구라고 여기던 사람이었다. 다행히도 나는 "A군! 너 왔니?" 하고 먼저 인사하지는 않았다. 그렇지 않았다면 경솔한 사람이 될 뻔하였다.

이 광둥 친구라 생각하던 사람은 아마도 나의 이러한 허둥대는 모습을 보지 못한 것 같다. 그는 두 손을 바지 양편 주머니 속에 넣고, 그의 방문 앞에서 나의 방문 앞을 지나갔다가 다시 나의 방문 앞에서 그의 방문 앞으로 걸어가면서 구두 소리를 터덕터덕 내고 있었다.

그는 우리 대학의 학생일까? 당장 내가 결단을 내릴 수 있는 것은 오직 그가 고요히 좌선이나 하는 성리학자는 절대로 아니라는 것이었다. 만약 어떤 사람이 다시 그를 그러한 사람이라고 확실히 말해 준다 하더라도 나는 절대로 그렇게 믿지 않았을 것이다.

(4)

그의 표정은 한 번 보기만 해도 약간 이상하다고 느끼게 할 정도였다. 얼굴은 약간 얽어 있었고 두 눈썹은 두 개의 단도 모양으로 아래로 쳐져서 위협적이었다. 몸집은 별로 크지 않았으나 매우 다부졌다. 그의 머리털은 이미 위쪽이 많이 빠져 있었으나 대머리가 된 늙은 학자 모습이 아니라 젊은이의 빼어난 모습으로 보였다. 그는 분명히 한 마리의 굶주림으로 뱃속이 불타고 있는 매였다. 두 눈을 크게 뜨고 사방을 둘러본 뒤에는 두 눈썹이 두드러지게 즉시 모아졌다.

그가 몸에 걸치고 있는 것은 다 해진 온통 회색인 학생복이었는데, 앞 단추조차도 완전히 붙어있다고 할 수가 없는 것이었다. 그의 엷은 회색의 옷에는 더러운 반점이 군데군데 보이는데, 사람들은 멀리에서도 바로 이것은 본시부터 붙어있던 반점이 아니라는 것을 알아볼 수 있는 정도였다. 그의 터덕터덕거리는 구두를 본다면 앞쪽에는 매우 길게 터진 데가 있고 뒤꿈치는 아래편으로 비뚤어져 있다.

왜 그런지 알 수 없었으나 내 머릿속에는 이 광둥 친구는 절대로 착실한 사람일 수는 없고 아마도 매우 위험한 인물일 거라는 느낌이 재빨리 떠올랐다. 혹 세상에서 날뛰던 굉장한 강도인데 죄를 지고는 학생으로 위장하여 우리 학생 숙사에 숨어든 것인지도 모를 일이다. 그렇지 않다면 저자가 무엇 때문에 이 음침하고 외진 방을 골라 들었겠는가? 이 깊숙한 골목 안은 그전부터 경찰이 주의를 하지 않던 곳이어서 그런 사람들의 눈길로부터 벗어나기가 매우 좋은 곳이었다.

그래서 나는 그가 바지 주머니 속에 넣고 있는 두 손은 여러 사람들의 목숨을 망쳐 놓았고, 죽은 사람들의 피가 묻어 붉게 물들어 있을 것이라는 생각도 해 보았다. 다부진 그의 몸은 많은 부녀자와 아낙네들을 못살게 만들었을 것이니 그 여자들은 이 친구를 보면서 얼마나 두려움을 느꼈을까 상상도 하였다.

나의 생각에는 거듭 혼란이 일어났다. 전부터 내 옆방은 마귀가 사는 곳이었으니 지금의 그는 진짜 마귀여서 의젓이 이 하루 종일 햇빛도 들지 않는 방을 차지하고 있다는 것이다. 그런데 불행히도 나는 또 그의 이웃이 되고 있다는 것이다.

그가 뜰 안을 터덕터덕 왔다 갔다 하다가 싸늘하게 나를 한번 힐끗 쳐다본 일이 있는데, 그때 그가 힐끗 본 뒤로 그의 악독함이 곧장 나의 혈관 속으로 뚫고 들어와 온몸을 맴돌면서 뛰고 움직이게 되었다. 그날 밤 나는 저녁을 먹자마자 바로 잠을 자려 하였다. 더 이상 밤이 깊도록 기다리는 수가 없었다.

나는 불안한 마음을 품고 침대 위를 이리 뒤척 저리 뒤척하며 불행히도 편안히 꿈나라로 가는 수가 없었다. 앞뜰 옆집에 호금을 연주하는 사람에게 「매화삼롱」 연주를 부탁하여 그 가락을 들으면서 마음 놓고 잘 자고 싶은 생각도 간절하였다. 그러나 토요일 저녁이 되면 학생들은 모두 떠나버리어 숙사는 고요해져서 이미 밤중이나 같은 상태였다.

몽롱한 속에 잠이 들었다가 깨어나니 아침 해가 이미 창살에 가득 펴져 있었다. 그런데 그 친구의 터덕터덕하는 발자국 소리가 벌써 옆 음침한 방 속에서 시작되고 있었다. 그는 아마도 온 밤을 줄곧 그렇게 보낸 것 같다.

(5)

이로부터 나는 틀림없는 정탐꾼이 되어버렸다. 학기 말 시험이 다가와도 하루 종일 강의를 들으러 가지 않는 일도 있었다. 시험 볼 준비를 하여야 할 시간을 모두 그 사람에게 썼다.

그는 하루 종일 터덕터덕 왔다 갔다 하는 일 이외에 늘 성냥을 긁는 것 같은 소리도 내었다. 그것을 통하여 그는 담배를 피우기를 좋아한다는 것도 알게 되었다. 그런데 그의 담배를 피우는 능력은 각별히 나를 놀라게 하였다. 가끔 나는 일부러 제비콩 꽃그늘에 앉아서 살펴보았는데, 언제나 음침한 방안에서는 푸른 담배연기가 솔솔 끊이지 않고 새어 나오고 있었다.

한 번은 그에게 어떤 친구가 찾아왔었다. 처음에는 두 사람 모두 매우 기쁘고 반가운 것 같았다. 주고받는 말은 재빨랐는데 점점 그들 목소리가 낮아졌다. 그런데 그들이 하는 말을 나는 전혀 알아들을 수가 없었다. 나는 더욱 그는 "남쪽 오랑캐의 비둘기 소리 같은 말"을 하는 광둥 사람이라고 믿게 되었다. 그들의 침묵 속에도 나에게 들려오는 것은 여전히 성냥을 긁는 소리였다.

그들의 행동은 이처럼 이상하기만 하였다. 찾아온 친구는 말할 것도 없이 그와 한 패거리일 것이다. 그런데 도대체 저들의 위험한 정도는 어느 정도일까? 여전히 짐작도 하는 수가 없어서 나는 더욱 의혹을 품게 되었다.

나의 두려운 마음을 없애기 위해서라도 나는 최후의 정탐 수법을 쓰지 않을 수가 없었다. 때는 저녁을 먹기 바로 전이었다. 해는 막 지고 그는 뜰 안을 평상시와 같이 터덕터덕 왔다 갔다 하고 있었다. 나는 일부러 방문을 열고 나가 긴 여름의 피곤함을 참을 수가 없는 체하며 아무런 뜻도 없는 듯이 말하였다.

"날씨 정말 덥네!"

"그래요!"

그는 나의 당돌함을 개의치 않고 여전히 터덕터덕 왔다 갔다 하였다.

"남쪽은 여기보단 낫겠지요?"

"예! 그럴 겁니다."

그는 내가 말하는 남쪽은 내가 그의 고향이라고 가정한 곳이라는 것을 알지 못하고 그처럼 어물어물 대답하는 것이었다.

그의 얼굴은 여전히 싸늘한 것이 평상시와 다름이 없었다. 간단한 대답을 할 적에도 그의 목소리는 "아저씨"를 부를 때처럼 묵직하면서도 날카로웠다. 그의 이러한 아무런 표정도 없는 모습은 나로 하여금 이미 그와 더 이상 얘기를 하기 바라지 않게 하였다. 그러나 나는 아직 그의 진실을 알아내지 못하였기 때문에 마침내 곧장 캐어물었다.

"고향이 광둥이신가요?"

"아닙니다. 나는 조선사람이에요, 형씨!"

"조선이라고요!"

나는 굉장히 놀라면서 문득 깨달은 모습을 취하였다. 나는 나도 모르게 '조선'이란 두 글자를 지나치게 무겁게 발음하여, 그를 뻣뻣하고 싸늘하게 나를 한 번 흘겨보도록 만들었다. 나도 즉시 이전에는 그에 대하여 잘못 생각하고 있었음을 재빠르게 깨달았다. 그가 한 번 흘겨보자 나는 문득 내 자신이 미미한 존재이고 또 그에게는 미안하다는 것을 깨닫게 되었다.

그는 본시 외국의 떠돌이인데, 불행히도 우리 사이에는 오해가 생기고 말았던 것이다.

"형씨는 중국 온 지 얼마나 되셨소?"

"금년 일본의 대지진 뒤에 왔습니다."

"동경 대지진이 일어났을 적에 당신들 조선 사람들이 많이 죽었다지요?"

"예! 그래요."

그는 전과 같은 말씨로 나에게 대답을 하고 있었으나 다만 목소리가 약간 떨리고 있었다. 그는 이미 내 마음속을 다 알고 있는 것 같아서 나는 약간 부끄러움을 느끼지 않을 수가 없었다. 다른 친구들을 만나게 되면 나는 그의 상처를 감싸주어야 할 것이다.

"대학에 나가 강의도 들으세요?"

"예? 아니에요!"

"그럼 무엇 때문에 음침하고 축축한 방에 머물고 있나요?"

"나는 비교적 안정된 곳이라고 생각하는걸요."

그는 싸늘하고 외로운 미소를 지으며 매우 엄숙하게 나를 한 번 쳐다본 다음 바로 터덕터덕 자기 방으로 돌아갔다. 그는 일부러 나의 정탐을 하려는 것 같은 질문을 피하려는 것만 같았다. 이어서 성냥을 긁는 소리가 그의 음침한 방안으로부터 들려왔다.

나는 멍청히 뜰 안을 왔다 갔다 하였다. 강낭콩 꽃에서는 은은한 향기가 끊임없이 풍겨 나오고 있었다. 나는 공연히 나의 이 불행한 이웃 친구의 처지를 슬프게 느끼고 있었다. 그는 어쩌다가 악한 자의 독수에 걸렸으나, 그는 용케 악한 자의 그물로부터 도망쳐 나오기는 하였다. 그러나 그는 눈물을 흘리면서 조국을 등졌고, 어머니와 작별하고 그의 사랑하는 사람과도 이별했으리라! 그러므로 나는 때때로 후회를 하면서 비록 이 환난을 수없이 겪은 친구가 나를 용서해 준다 하더라도 나는 내가 이전에 이 옆방 외국 사람에게 지녔던 일종의 좋지 않은 의구심을 깨끗이 씻어 없애야 한다고 생각하였다.

그는 한 마리의 큰 새와 같다. 잠시 사냥꾼의 위협으로부터 벗어나 있을 따름이다. 그를 끝없는 넓은 하늘에 날고 또 날 수 있게 해야 한다. 그래서 그의 원한과 슬픔을 씻어버릴 수 있도록 해야 한다. 그의 눈빛이 번쩍번쩍 번개처럼 사방을 비추고 있는 것은 아마도 뒷날에 복수를 꿈꾸고 있기 때문일 것이다 하고 나는 생각하였다.

우리는 점점 친해졌다. 그러나 매일 그의 음침한 방안이나 작은 뜰 안에서 그가 성냥을 긁는 소리와 터덕터덕 걷는 가죽 구두 소리가 나는 이외에 그의 별다른 동작은 전혀 느낄 수가 없었다. 그는 가끔 오는 편지를 받았는데 몇 분 뒤면 곧 성냥을 긁는 소리가 들려왔다. 아마도 온 편지를 태워 버리는 듯 동시에 종이 타는 냄새가 내 방에까지도 풍겨왔다.

(6)

추석이 지난 어느 날 저녁이었다. 흰여뀌는 이미 시들기 시작하였고, 제비콩은 열매가 한창이었고, 옥잠화는 무엇 때문인지는 알 수가 없어도 올가을에는 꽃도 피우지 못하고 있고, 강낭콩은 크게 비바람이 칠 적에 줄기가 날아가 버렸다. 나는 죽은 듯이 밝은 달빛 아래 드문드문 드리워진 그늘 아래 앉아서 멀리 있는 사람들을 생각하면서 한창 시절이 흘러가고 있다는 감상에 젖어있었다.

그 친구 ---나의 이 외국인 이웃은 마침 가벼운 기침 소리를 섞어가면서 방안을 터덕터덕 왔다 갔다 하고 있었다. 그의 방안에는 등불도 없고 달빛도 닿고 있지 않았다.

이때 갑자기 숙사의 주인이 몇 명의 장삼을 입은 손님들을 데리고 왔다. 나는 나를 찾아오는 친구들이라고 잘못 생각할뻔하였다. 그런데 찾아온 사람이 물었다.

"저 방이야?"

"예, 이 방입니다!"

숙사 주인이 내 옆방을 손가락질하면서 대답하였다. 찾아온 사람들은 즉시 한꺼번에 달려들어갔고, 숙사 주인은 성냥불을 켜 책상 위에 있는 초 꼬투리에 불을 붙였다.

"당신들 무엇 하는 사람들이오?"

그는 무거운 목소리로 놀라서 물었다.

"너는 조선 사람이지? 김 아무개라는 놈을 너도 알고 있지?"

"알고 있지요."

"좋다! 우리와 함께 경찰서로 가자! 김가 녀석도 거기에 있으니까!"

"서두를 것 없다! 무슨 편지 같은 것은 없는지 조사해 보거라!"

상자를 여는 소리와 서랍을 여는 소리가 뒤섞여 들려왔다.

"가자!"

"가! 같이 가! 너희들에게 조선 사람에게는 방 빌려주지 말라고 했는데, 너희들은 말을 안 들어 먹어!"

한 제복을 입은 순사가 엄하고 무섭게 숙사 주인에게 야단을 쳤다.

"너희 조선 놈들은 ---" 하고, 나의 이 외국의 이웃 친구에게 모욕을 가한 이 한 무리의 들짐승 같은 녀석들의 목소리가 멀어지면서 들려왔다.

나는 이때 분노로 말미암아 무척이나 속이 탔지만 끝내 별도리 없이 오직 두 눈을 부릅뜨고 내 이 외국의 이웃 친구를 밝은 달 아래 그림자 따라 눈으로 전송하기만 하였다.

내 마음속에는 불꽃이 미친 듯이 타올라 내 스스로 편히 자리를 잡는 수가 없어서 밤하늘에 달이 질 무렵까지 나는 제대로 잠을 이루지 못하였다. 온 숙사가 쓸쓸한 사원처럼 느껴져서 나는 마침내 나와 이웃한 음침한 옆방은 전에는 마귀가 살던 집이라는 것도 잊고 있었다.

(7)

며칠 뒤에 숙사 주인이 석방되어 돌아왔다. 그는 조선 사람에게 방을 빌려주어 자신이 감옥살이를 하는 벌을 받지 않아야 했었다고 무척 후회를 하였다.

숙사 아저씨가 옆방을 청소할 때 내가 틈을 타 가 보니 일종의 축축함과 담배 냄새가 섞인 공기가 내 얼굴을 덮쳐왔다. 침대 위에는 한 장의 담요가 깔려있고, 담요 위와 책상 위에는 일본 신문이 잔뜩 흩어져 있었다. 책상 위에는 또 낡아빠지고 녹이 쓴 펜 한 자루와 잉크병이 놓여있었다. 가장 사람의 눈을 끄는 것은 땅바닥의 쓰고 버린 성냥개비와 침대 밑의 담뱃갑이었다. 나는 문득 그의 터덕터덕하던 구두 소리를 통해서 그가 제대로 이루지 못한 할 일이 있었다고 생각되어 나도 모르게 나의 불행한 외국 친구를 잡아간 한 무리의 들짐승 같은 녀석들을 무척 미워하게 되었다.

우리는 이렇게 이별한 지 일 년이 되었다! 그런데 나는 오늘 뜻밖에 신문에서 이러한 기사를 발견한 것이다. 이건 당신인가 아닌가? 당신의 중대하고 무거운 복수를 위하여 이러한 위대한 희생을 하였는가? 나의 불행한 친구야!

〈이 번역의 원문은 선생님의 단편 소설집 『땅의 아들(地之子)』, 1928년 11월 北平未明社 간본에서 옮긴 것을 사용하였음.〉

2015. 1. 5

7

'관관' 하고 우는 물새

『시경詩經』의 첫머리 주남周南의 「관저關雎」시는 "關關雎鳩(관관저구), 在河之洲(재하지주)."라는 구절로 시작되고 있다. 나는 일찍이 『시경』을 우리말로 옮기면서 이 첫 구절부터 무척 애를 먹었다. 어떤 중국의 주석서注釋書를 보더라도 맨앞의 두 글자 "관관"은 '저구'라는 물새가 우는 소리라고 해설을 하고 있는데 물새가 어떤 종류이든 '관관' 비슷한 소리를 내면서 우는 새는 없을 것이기 때문이다. 중국 독음도 guān-guān이다. 여러 가지 주석을 종합하면 '저구'는 부리가 수리처럼 굽은 '물수리'임에 틀림이 없다. 물수리 우는 소리를 들어본 일은 없지만 절대로 '관관' 하며 울지는 않을 것이다. 이 구절을 "관관하고 우는 물수리가, 황하의 섬 속에 있네." 라고 옮길 수는 없었다. 결국 나는 이 구절을 "구욱 구욱 물수리가, 황하 섬 속에서 울고 있네."라고 옮기었다.[1] 혹 '관관' 은 물새의 울음소리가 아니라 새가 나는 모습을 그렇게 형용한 것이 아닐까 하고도 생각하여 보았으나, 다른 새들의 울음소리를 노래한 경우도 크게 다르지 않아 '물새의 울음소리' 라는 풀이를 그대로 받아들이기로 하였다.

다른 새들의 울음소리 형용을 살펴보기로 하자. 황조黃鳥라는 새의 울음소리를 '주남' 의 바로 뒤 「갈담葛覃」시에서는 "개개喈喈"(중국음 jiē-jiē), 진풍秦風의 「황조黃鳥」시에서는 "교교交交"(중국음 jiāo-jiāo)로 노래하고 있다. 많은 주석서에 '황조'를 꾀꼬리라고 풀이하고 있는데, 꾀꼬리의 울음소리라면 '개개' 나 '교교'는 비슷하지도 않은 소리이다. 나는 여러 청淸나라 고증학자들[2]의 고증을 따라 이 새를 황작黃雀 또는 곤줄박이라고 옮겼는데, 곤줄박이 울음소리라 보면 조금 낫다. 그러나 소아小雅「출거出車」시에서는 꾀꼬리 울음소리를 "개개"라 형용하고 있고, 대아大雅「권아卷阿」시에서는 봉황鳳凰의 울음소리를 "옹옹개개雝雝喈喈"(중국음 yōng-yōng jiē-jiē)

---

1 『새로 옮긴 詩經』 김학주 역저(명문당, 2010).
2 焦循 · 段玉裁 · 馬瑞辰 등.

하고 형용하고 있는데, 전혀 비슷하게 느껴지지 않는다. 정풍
鄭風「풍우風雨」에서 닭 울음소리를 "개개"와 "교교膠膠"(중국
음 jiāo-jiāo)로 형용하고 있는데 가장 비슷한 경우이다. 그 밖
에 패풍邶風「포유고엽匏有苦葉」시에서는 기러기의 울음소리
를 "옹옹雝雝", '소아'의「벌목伐木」시에서는 새 울음소리를
"앵앵嚶嚶"(중국음 yīng-yīng)으로 형용하고 있다. 중국 사람
들은 소리를 올바로 듣지 못하는 것일까 적당히 아무것이나
받아들여 주고 있는 것일까?

　새소리는 제쳐놓고『시경』아송雅頌에 많이 보이는 악기 연
주 소리를 형용한 경우를 보기로 하자. 가장 많이 보이는 북소
리를 먼저 살펴보면 "감감坎坎"(중국음 kǎn-kǎn)³, "연연淵淵"
(yuān-yuān)⁴, "봉봉逢逢"(féng-féng)⁵, "간간簡簡"(jiǎn-jiǎn)⁶
등 여러 가지 표현이 발견된다. 쇠북을 치는 소리 또는 북소
리, 쇠 북소리가 울리는 소리는 "장장將將"(중국음 jiāng-jiāng)⁷,
"개개喈喈"(jiē-jiē)⁸, "흠흠欽欽"(qīn-qīn)⁹, "황황喤喤"(huáng-

3　小雅「伐木」: "坎坎鼓我."
4　小雅「采芑」: "伐鼓淵淵." 商頌「那」; "鞉鼓淵淵."
5　小雅「靈臺」: "鼉鼓逢逢."
6　商頌「那」: "奏鼓簡簡."
7　小雅「鼓鐘」: "鼓鐘將將."
8　小雅「鼓鐘」: "鼓鐘喈喈."
9　小雅「鼓鐘」: "鼓鐘欽欽."

huáng)¹⁰ 등 여러 가지이다. 피리 같은 관악기의 소리를 "혜혜嘒嘒"(중국음 huì-huì)¹¹ 하고 표현하고 있는 것도 이상하다. 주송周頌 「집경執競」 시에서 "경관장장磬筦將將" 하고 노래한 것은 경소리와 피리소리를 함께 표현하려다가 보니 '장장' 이 되고 만 것도 같다.

새가 우는 소리와 악기를 연주하는 소리는 비교적 복잡하기 때문에 소리의 형용이 헷갈리게 된다고 치자. 다음엔 매우 간단한 말방울 소리의 형용을 살펴보기로 한다. 중국의 옛날 임금이나 귀족들은 흔히 네 마리 말이 끄는 수레를 타고 다녔다. 그 수레를 끄는 말의 입에 물린 재갈 양편에는 방울을 달았는데 이를 '난鸞' 이라 불렀다. 때문에 『시경』 소아에는 모두 다섯 구절, 대아에는 두 구절, 주송과 노송·상송에 각각 한 구절씩 방울소리를 형용한 곳이 보인다. 난鸞 이외에도 수레 앞턱 나무 양편에 달린 방울인 '화和' 가 두 구절, 깃대에 달린 방울 '영鈴' 도 한 구절에 보인다. "팔란八鸞"이란 표현이 많은 것은 수레를 끄는 네 마리 말에 달린 방울을 모두 합치면 여덟 개이기 때문이다. 그런데 이 간단한 방울소리의 형용이 거의 모두 제각각이다. "장장將將"(중국음 jiāng-jiāng)·

■
10 周頌 「執競」: "鐘鼓喤喤."
11 商頌 「那」: "嘒嘒管聲."

"장장鏘鏘"(qiāng-qiāng)·"창창瑲瑲"(qiāng-qiāng)·"창창鶬鶬"
(cāng-cāng)[12] 등 비슷한 음 이외에 "훼훼噦噦"(huì-huì)·"혜
혜嘒嘒"(huì-huì)[13] 및 "옹옹雝雝"(yōng-yōng)·"앙앙央央"(yā
ng-yāng)[14] 등도 보인다. 어느 것이고 방울소리의 표현으로
서는 잘 어울리지 않는 것 같다.

그중 "개개喈喈" 같은 소리는 새소리와 악기 소리 및 방울
소리 모두에 쓰이고 있고, "장장將將"·"혜혜嘒嘒"는 방울소
리와 악기 소리를 형용하는 데 같이 쓰이고 있으며, "옹옹雝
雝"은 새소리와 함께 방울소리를 형용하는 데에도 쓰이고 있
다. 왜 그럴까? 중국 사람들은 여러 가지 소리를 잘 구별하지
못하는 것일까? 소리를 정확하게 듣지 못하는 것일까? 그렇
지는 않을 것이다. 그러면 한자 음에 한계가 있어서 새소리,
악기 소리, 방울 소리를 비슷하게 표현하지 못하는 것일까?
짹짹·찍찍·깍깍·꼬꼬 같은 새소리를 한자로 형용할 수가
없다. 딸랑딸랑 같은 방울소리도 흉내 낼 수가 없다. 그렇지
만 "연연"보다는 북소리에 더 가까운 소리, "혜혜"보다는 피

---

12 小雅「庭燎」: "鸞聲將將." 大雅「烝民」; "八鸞鏘鏘." 小雅「釆芑」;
"八鸞瑲瑲." 商頌「烈祖」; "八鸞鶬鶬."

13 小雅「庭燎」: "鸞聲噦噦." 魯頌「泮水」; "鸞聲噦噦." 小雅「釆菽」;
"鸞聲嘒嘒."

14 小雅「蓼蕭」: "和鸞雝雝." 周頌「載見」; "和鈴央央."

리 소리에 더 가까운 소리는 찾을 수가 있었을 것이다. "훼훼"나 "옹옹"보다는 더 방울소리에 가까운 소리를 찾을 수가 있었을 것이다. 새 울음소리도 "관관"이나 "앵앵"보다는 더 좋은 음의 글자가 있을 것이다. 그래도 한자로 새소리 악기 소리 등을 흉내 낸다는 것이 쉬운 일이 아님은 분명한 일이다. 그리고 무수한 사람이 『시경』을 읽어왔는데, 어떤 사람도 무슨 놈의 물새 소리가 "관관"이냐고 이의를 제기한 사람도 전혀 없었던 것 같다. 그러니 중국 사람들은 그다지 중요한 일이 아니라면 심하게 따지지 않고 적당히 넘어가 주는 것 같다.

사실 이 시의 주제는 "관관저구, 재하지주." 바로 뒤에 이어지는 "窈窕淑女(요조숙녀), 君子好逑(군자호구)." 곧 "아리따운 고운 아가씨는 군자의 좋은 배필일세." 라는 구절이다. 황하의 섬 속에서 울고 있는 물새가 '관관' 하고 울고 있던 '삑삑' 하고 울고 있던 시의 뜻과는 아무 상관도 없는 일이다. 심지어 대부분의 중국 사람이 저구雎鳩라는 새가 어떤 새인지도 잘 몰랐을 것이다. 우리도 '관관' 하고 우는 물새가 세상에 어디 있느냐고 너무 따지지 말고 이「관저」시의 뜻을 올바로 파악하는 데 온 힘을 기울여야 할 것이다. 이렇게 물새 소리 "관관"을 정리하고 나서야 『시경』 읽기가 비교적 쉬워졌다.

2014. 3. 8

8
소희(小戱)야말로
중국의 전통 희곡(傳統戱曲)인데

1. 중국 희곡은 나의 전공이 아닙니다

많은 분들이 나를 중국 희곡을 전공한 학자로 알고 있습니다. 그렇지만, 아닙니다. 나는 타이완(臺灣)의 대만대학臺灣大學에서 『탕현조연구湯顯祖硏究』라는 논문으로 석사학위를 취득하고는 귀국하여 1961년 3월부터 서울대학 중문과 강사로 일하기 시작했습니다. 그리고 「나례儺禮와 잡희雜戱-중국과의 비교를 중심으로」(『아세아연구』 6권, 고려대 아세아문제연구소, 1963.) · 「향악잡영鄕樂雜詠과 당희唐戱와의 비교 고석考釋」(『아세아연구』 7권, 1964.) · 「종규鍾馗의 연변演變과 처용處容」

(『아세아연구』 8권, 1965.) · 「당희唐戲를 통해 본 삼국시대三國時代 가무희歌舞戲」(『중국학보』 6집, 한국중국학회, 1967.) · 「고려사高麗史 악지樂志 당악정재唐樂呈才의 고주考註와 문제점問題點」(『아세아연구』 10권, 1967.) · 「악부시樂府詩와 가무희歌舞戲」(『중국학보』 9집, 1968.) 등의 논문을 발표하여 큰 반향을 일으켰습니다. 그러나 『나와 서울대 중국어문학과 반세기』(명문당, 2010.)에 밝힌 것처럼 나는 1964년 무렵에 와서는 희곡 공부를 완전히 접어두고 중국의 고전 번역과 학생들을 상대로 한 고전 읽기 운동에 헌신하였습니다. 대학 안에서는 '고전연구회'라는 동아리를 만들어 지도교수로 활약하였고, 대학 밖에서는 자유교양추진위원회自由敎養推進委員會라는 단체에 들어가 소학교로부터 중고등학교와 대학에 이르는 전국 학생들을 상대로 한 고전 읽기 운동에 적극 참여하였습니다. 당시에는 학생들에게 『논어論語』와 『맹자孟子』 같은 중국 고전을 읽으라고 권하고 싶어도 우리 말 현대어로 번역된 책이 없었습니다. 때문에 『상서尙書』를 시작으로 중국의 중요한 유가 경전과 제자서諸子書의 많은 양을 번역하게 된 것입니다. 그리고 당시에는 학생들이 중국문학을 공부하고 싶어도 읽을 책이 없음을 통감하고 자기 능력도 돌보지 않고 『중국문학서설』을 시작으로 하여 『중국문학개론』 · 『중국고대문학사』 · 『중국문학사』 · 『중국문학의 이해』 등도 썼습니다. 그러니 희

곡은 거들떠볼 시간도 전혀 없었지요. 그사이 몇 편의 희곡관계 논문이 더 나온 것은 이전에 쌓아놓은 자료에서 우러나온 것입니다. 뒤에 나온 『원잡극선元雜劇選』(2001)은 그전에 읽으면서 노트에 옮겨놓았던 자료들을 다시 정리하여 이룬 것이고, 『중국 고대의 가무희』(1994)는 그전에 공부한 소희小戱를 중심으로 하여 중국 희곡사를 새롭게 쓴다는 자세로 엮은 것입니다.

그러다가 1800년대 말엽에 양회석 교수와 오수경 교수의 박사학위 논문 지도를 맡으면서 다시 희곡에 가까워지기 시작했습니다. 그 뒤로 많은 희곡 전공자들의 박사학위 논문 지도를 맡으면서, 실은 지도를 한 것이 아니라 그들의 논문 작성 과정을 통하여 다시 많은 것을 얻어들으면서 배우기 시작했습니다. 1900년대로 들어서면서 '중국희곡연구회'(희곡학회)를 창립하고 이후 10년간 정년퇴직을 할 때까지 회장 자리를 독점해왔습니다. 봄가을로 중국희곡국제학술대회를 열고 타이완과 중국의 저명한 희곡 관련 학자들을 그사이 모두 초청하여 우리 학회에 참석하였습니다. 그리고 중국 희곡 독회讀會도 유지하였고 학보 『중국 희곡』도 계속 내었습니다. 또 중국 각 지방의 전통연극과 민간연예 및 희곡문물戱曲文物을 직접 탐사探查하는 계획여행도 몇 차례 하였습니다. 이 바람에 나는 국제적으로도 중국 희곡을 연구하는 학자로 알려졌지만 그사이에도 희곡을 공부하거나 연구할 겨를은 전혀 없었습니다.

60년대 초엽부터 80년대 말엽까지 근 30년 동안은 중국 희곡을 가까이하지도 않았고, 80년대 말엽부터 희곡을 가까이한 것도 중국 희곡을 좋아하여 한 것에 불과합니다. 그사이 타이완과 중국 일본에서 열리는 국제학술대회에 수십 차례나 가서 논문을 발표했지만 희곡에 관한 학회 참석은 극히 적었다는 것으로도 이는 증명이 됩니다. 1993년 타이베이(臺北)에서 열린 '관한경연구국제학술연토회關漢卿硏究國際學術硏討會'에 불려가서 「두아원과 답요낭('竇娥寃' 與 '踏搖娘')」을 발표한 것 한 번이 기억에 남아있을 뿐입니다. 물론 학보를 발간하면서 글도 몇 편 발표하였고 책도 『중국의 희곡과 민간연예』(명문당, 2002) · 『중국의 전통연극과 희곡문물 · 민간연예를 찾아서』(명문당, 2007) · 『중국의 탈놀이와 탈-본인이 수집한 탈을 중심으로 하여』(명문당, 2008) · 『경극이란 어떤 연극인가?』(명문당, 2009) · 『위대한 중국의 대중예술 경극』(명문당, 2010) 등 여러 권을 내놓고 있지만 모두 내가 보고 들은 것들을 소개한 것이지 연구업적은 아닙니다. 나는 우리 중국어 문학계의 유일한 전공이 없는 학자입니다.

여기에서는 60년대 이전에 희곡 연구에 매달리면서 추구했던 문제와 80년대 이후 희곡을 다시 가까이하면서 발견한 문제들에 대하여 설명하려 합니다. 앞으로 여러분들이 모든 문제를 해결해줄 것을 바라고 있습니다.

2. 소희小戱야 말로 중국의 진정한 전통 희곡인데---

중국의 전통문학은 시를 중심으로 하여 발전하여 왔고 그 시는 서정시抒情詩가 중심을 이루고 있습니다. 츤둬(陳多)는 그의 『희곡미학戱曲美學』에서 중국 전통 희곡에서 쓰는 표현 수단으로 노래와 춤에 시를 하나 더 보태고 있어요.[1] 노래의 가사가 바로 시이기에 공연한 이론 같으나 중국 고대문학에 있어서 시와 소설, 희곡은 모두 같은 성격의 것이었음을 이해 하는 데에는 도움이 됩니다. 원이둬(聞一多, 1899-1946)가 "중 국의 문학사文學史는 실질적으로는 일부의 시사詩史"라고 하 면서 "시의 발전은 북송北宋에 이르러 끝나고 있다."[2]고 한 말 을 이어받아 샤세스(夏寫時)는 중국문학은 남송南宋 이후로는 소설과 희곡의 시대로 들어갔는데 "시의 기조를 이루는 서정 성은 소설과 희곡 속에서 더욱 심각한 표현을 하게 되었다."[3]

---

1 第二章 "媒介論" - 硏究戱曲本質特徵的方法.

2 「文學的歷史動向」(『神話與詩』甲集, 中華書局, 1933).

3 『論中國戱劇批評』(齊魯書社) 第一輯 「中國戱曲評論之背景」二.

고 말하고 있습니다. 중국문학은 시나 소설, 희곡을 막론하고 다 같이 춤과 노래를 표현 수단으로 쓰고 있습니다. 그러니 소설과 희곡에도 서정성이 심각하게 표현될 수밖에 없습니다. 말을 바꾸면 중국문학은 모두 노래를 바탕으로 발전한 것이라고도 할 수 있습니다. 『시경詩經』·『초사楚辭』 속에도 시뿐만이 아니라 소설, 희곡의 창사唱詞도 함께 들어있습니다.[4]

노래와 춤은 사람들의 생활 모습이나 사람들의 얘기를 무대 위에 옮겨놓기에 매우 불편한 수단입니다. 그러니 서양의 희곡과는 그 성격이나 양상이 다를 수밖에 없습니다. 중국학자들은 흔히 중국 연극의 특징을 사의(寫意)라는 말로 표현하고 있습니다.[5] 이는 서양 연극이 사람들의 일을 무대 위에 재현하는 사사(寫事)란 말과 대비가 되는 말입니다. 황줘린(黃佐臨)은 「메이란팡 · 스타니스랍스키 · 부레히트의 희극관 비교」[6]에서 '사의'의 '의'를 Essence, '사의'를 Essentialism이라 영역하고 있습니다.

다시 많은 학자들이 중국 연극의 지표는 전신傳神에 있다

---

4 『小說史 資料로서의 《書經》』(文旋奎博士華甲紀念論文集, 1985) · 「西漢 『詩經』 解說과 中國 古籍에 대한 새로운 理解-戲曲의 視覺에서」(『고전희곡연구』 제1집, 2000) 등 참조.
5 보기로 陳多 『戲曲美學』 第六章 一. 등이 있음.
6 黃佐臨 『我與寫意戲劇觀』.

고도 합니다.[7] 이는 중국 고대의 예술론인 형신形神의 개념에서 나온 말이어서, 표현을 바꾸어 서양 연극이 형사形似를 추구하는 데 비하여 중국 연극은 신사神似를 추구한다고도 말할수 있습니다. 『철학사전』미학권美學卷[8]에서 '형신' 대목을펴 보면 "형은 진실을 가리키며---. 신은 대상의 정신과 기질과 의지와 품격을 심각하게 드러내 보이고 창작자의 사상과감정을 표현하는 것을 가리킨다."[9]고 '신'의 뜻을 설명하고있습니다. 이에 따르면 '전신'을 한다든가 '신사'를 추구한다는 것은 앞의 사의寫意와 비슷한 말로 역시 Essentialism에가까운 말이라 할 수 있습니다.

이상의 이론은 곧 중국 희곡에 있어서는 사람들의 생활 속의 여러 가지 '사事'보다도 사람들 마음속의 생각이나 감정등을 뜻하는 '의意'가 더 중요하고, 사람들 일반 생활의 외면적인 모습인 '형形'보다도 살아가고 있는 사람들의 내면적인움직임인 '신神'이 더 중시되고 있음을 뜻하는 것입니다. 그런데 사람들의 생각이나 감정 또는 신기神氣의 표현은 글로

---

7 보기로 夏寫時 『論中國戲劇批評』 第一輯 「論中國戲劇的審美特徵」 四. 論傳神美 등이 있음.

8 上海辭書出版社 刊.

9 形指眞實---. 神指深刻揭示對象的精神·氣質·品格和表現創造者的思想·情感.

표현할 적에 길어질 수가 없습니다. 소설의 원형인 속강俗講 또는 설창說唱 작품이 길어질 수 있는 것은 춤을 빼고 강설講說로 창唱을 이어주기 때문입니다. 물론 희곡도 '창'에 과科 · 백白을 섞어 긴 대희大戲를 이룰 수는 있습니다. 그러나 춤과 노래로 이루어지는 중국 전통 희곡의 기본 형태는 소희라고 보아야 할 것입니다. 소희는 결코 미숙한 희곡 형태가 아닙니다.

3. 중국 희곡의 미학적인 특징과 그로 인한 문제

중국문학론에 있어서 유협(劉勰, 464?-520)의 『문심조룡文心雕龍』 신사神思편 등의 시의 개념, 엄우(嚴羽, 1200 전후)의 『창랑시화滄浪詩話』에서 시의 극치를 논한 입신入神, 왕사정(王士禎, 1634-1711)의 신운설神韻說 등을 놓고 보더라도 시의 미학이 희곡의 신사神似의 개념과 서로 통함을 알게 합니다.

승융이曾永義가 그의 『중국고전희곡론집』[10]에 두 번째로 「중국고전희극의 상징예술象徵藝術」이란 글을 싣고 있고 다시 「중국고전희극의 특질」이란 글에서는 그 표현형식의 상징성象徵性 · 과장성誇張性 · 소리성疏離性을 논하고 있습니다.

10 臺北 聯經出版社 刊.

'소리성'은 연극의 오락성과 관계가 있는 개념이지만 대체로 승융이도 희극의 특성이 시와 통합을 인정하는 셈입니다.

송대 심괄(沈括, 1030-1093)은 그의 『몽계필담夢溪筆談』에서 당唐대의 장언원張彦遠이 "왕유王維의 그림은 대부분 사철도 따지지 않고, 꽃을 그릴 적에 복숭아·살구·부용芙蓉·연꽃을 한 풍경 속에 그려 넣기도 한다."는 비평을 한데 대하여 다음과 같이 말하고 있습니다.

> "우리 집에는 왕유가 그린 「원안고와도袁安高臥圖」가 있는데 눈이 내린 속에 파초가 있다. 이것은 곧 마음에 터득되는 게 있으면 손이 그에 따라 뜻이 가는 대로 이루어지기 때문이다. 그러므로 이理를 바탕으로 입신入神하여 고원高遠한 자연의 뜻을 구현하는 것이다. 이것은 속된 사람들과 얘기하기 어려운 경지이다." [11]

화론畵論에서 말하고 있는 '입신'의 개념도 희곡론이나 시론에도 적용될 수가 있는 것입니다. 소식(蘇軾, 1036-1101)이 왕유王維의 시를 평하여 "시 속에 그림이 있고, 그림 속에 시가 있다." [12]고 한 말도 이를 뒷받침하고 있습니다. 따라서 중

11 "予家藏摩詰畵袁安高臥圖, 有雪中芭蕉. 此乃得心應手, 意到便成. 故造理入神, 迥得天意. 此難可與俗人道也."
12 『茗溪漁隱叢話』前集 卷15; "蘇軾曰; 詩中有畵, --- 畵中有詩.

국의 예술론은 종류의 구분 없이 동일한 미학적인 바탕 위에 발전하고 있음을 알 수 있습니다.

중국 예술의 창조는 모두 일정한 공간만 있으면 그뿐이지 아무런 설치물이나 보조물 또는 배경 같은 것이 전혀 필요치 않습니다. 희극 연기자는 아무런 장식이나 보조물도 없는 빈 무대 위에서 노래와 춤을 바탕으로 한 자신의 연기로 인간 세계의 모든 현상을 일정한 공간 위에 그 자리에서 만들어냅니다. 공간뿐만이 아니라 시간이나 어떤 물건의 제약도 모두 초극超克하여 작품을 무대 위에 만들어 놓습니다. 그러기에 중국의 연극 전문가들은 연극 무대는 "있는 것은 하나도 없지만 어떤 곳이든 있지 않은 것도 없다."[13]고 흔히 말하고 있습니다.

아무것도 없는 흰 종이 위에 시인이 여러 가지 시를 쓰고, 화가가 깨끗한 캔버스 위에 그림을 그리는 것과 같습니다. 한 장의 종이 위에 두 왕조王朝의 흥망성쇠興亡盛衰와 그 속에서 사람들이 경험하고 느끼는 여러 가지 실상들을 시로 읊고 있습니다. 작은 캔버스 안에 한없이 넓은 하늘과 땅과 바다를 담고 있습니다. 희곡도 그러합니다.

13 一無所有, 無所不有.

4. 다시 대회를 가까이하면서 생긴 문제들

나는 1900년대에 들어와 희곡학회를 조직하여 본격적인 희곡연구활동을 접하게 되었습니다. 중국에 가서 경희京戱를 비롯하여 여러 곳의 지방희地方戱 및 여러 가지 민간연예民間演藝도 많이 구경하였습니다. 중국은 어디를 가나 그 지방의 가락을 바탕으로 한 여러 종류의 지방희와 연예가 민간에 공연되고 있습니다. 1959년 통계에 의하면 전국에서 공연되고 있는 전통 희곡의 종류는 모두 368종이었고, 전문극단이 3,300여 개, 전문적인 연극 종사 인원이 22만여 명, 전국의 극장이 2,800여 개, 전국에 간행하는 희극간행물이 15종, 희극협회 회원이 1,912명입니다.[14] 1986년에는 전통 희곡 종류가 374종으로 늘었는데, 인민공화국 수립 후에 새로 생겨난 희극 종류가 58종이라 합니다.[15] 마오쩌둥(毛澤東)의 붉은 군대는 희극을 위주로 하는 문예공작으로 온 중국 인민의 마음을 이끌어 극히 불리한 내전을 승리로 이끌었기 때문에 전통 민간연예를 매우 중시하는 것 같습니다. 그중에서도 경희京戱는 중난하이(中南海)의 지도층으로부터 오지의 농민들과 모든

---

14 『戲劇報』第17-19期 慶祝中華人民共和國成立十周年 發行專號 「十年來戲劇事業的巨大發展」 統計資料 의거.

15 中國藝術研究院 戲曲研究所 統計 의거.

소수민족들까지도 모두가 함께 즐기고 있으니 정말 '위대한 대중예술'이라고 하지 않을 수가 없습니다. 나는 무엇보다도 중국 희곡의 대중성에 압도당하였습니다.

이러한 대중예술이 발전하고 있는 것은 글을 모르는 백성들도 공연을 통해서 희극활동에 모두 참여하고 있기 때문입니다. 이들 연예는 노래와 춤으로 연출되는 것이기 때문에 작품도 중요하지만, 그 예술성은 연출자가 크게 좌우하게 됩니다. 따라서 이들 희극 작품을 문학이나 예술로 다룰 적에 그 대중성을 어찌 소화해야 할는지 모르겠습니다. 중국 희곡과 글도 모르는 백성들과의 관계, 작품을 읽는 경우와 공연을 통해서 접할 적의 차이, 작품을 글로 쓰는 지식인 계층과 낮은 백성들의 관계 등등 풀기 어려운 문제가 무척 많습니다.

이는 나의 중국 고전문학의 이해에도 영향을 미치게 되었습니다. 중국에서 문자로 이루어진 문학은 사대부들의 전유물이었지만 그 바탕은 모두 글도 모르는 아래 백성들의 것입니다. 시를 놓고 보더라도 『시경』 『초사』가 모두 민간가요와 무가巫歌에서 나온 것이고, 한漢 육조六朝의 악부樂府, 고체시古體詩와 근체시近體詩, 그리고 사詞와 곡曲이 모두 민간의 노래를 바탕으로 변화 발전한 것입니다. 이에 나의 중국 고전문학을 보는 눈도 달라졌습니다. 특히 남송 이후 '곡'과 '대희'의 발전에는 여진족女眞族과 몽고족蒙古族의 영향도 깃들어

있습니다.

또 하나 새로운 문제는 지금의 중국에서 이전의 경극 또는 지방희와 전통 연예를 새로 자기들의 목적에 맞도록 고쳐 만든 이른바 현대희現代戲입니다. 그 창작에는 그들이 목표로 하는 사회주의 혁명을 추구하기 위한 내용뿐만이 아니라 현대 의식에 어긋나는 연출방법이나 음악 및 배우들의 화장과 옷 같은 것까지도 모두 개혁하고 있기 때문입니다. 보기를 들면, 문화대혁명 때의 양판희樣板戲라고 알려진 『지취위호산智取威虎山』·『홍등기紅燈記』 등과 옌안(延安)시대부터 개작한 앙가극秧歌劇 등 무척 많습니다. 이것을 우리가 어떻게 받아들이고 어떻게 평가해야 하는가는 큰 문제라고 생각됩니다.

현명한 여러분들의 연구가 이상 여러 가지 문제에 대하여 명쾌한 해답을 마련해주기를 고대하겠습니다.

〈2014년 2월 21일 한양대학교 개최 '二不 金學主 先生 八旬 紀念 韓國中國戲曲學會 國際學術大會'에서의 강연 원고임.〉

Ⅲ.
타이베이
친구들

1
타이완(臺灣)의 장헝(張亨) 교수와 나

　　며칠 전 타이완에서 나와 가장 가까이 지낸 친구 장헝張亨
교수가 5월 19일에 저세상으로 갔다는 부음訃音을 메일로 받
았다. 실은 지난 4월 22일과 23일의 이틀 동안 국립대만대학
國立臺灣大學 중국문학과 주최로 〈증영의선생학술성취여신전
국제학술연토회曾永義先生學術成就與薪傳國際學術硏討會〉가 열
렸을 적에 나는 주인공 증영이(曾永義) 교수와는 각별한 사이
라 초대를 받고 이제는 쓰기 힘든 논문을 한 편 써가지고 타
이베이(臺北)로 가서 그 학술대회에 참여하였다. 나는 타이베
이에 도착한 뒤 곧 장헝 교수가 심장 수술을 받아 무척 위독

했는데 지금은 약간 회복되어 병원에서 요양 중이라는 소식을 들었다. 나는 22일 논문을 발표하고, 23일 아침 일찍 장형과 가까운 치이슈(齊益壽) 교수의 안내로 대만대학 부속병원으로 장형을 찾아갔다. 그는 간병인의 보호 아래 재활병동再活病棟에 입원해 있었는데, 자기 스스로 일어나 앉거나 다시 눕지도 못하는 엄중한 상태였다. 막 우리가 병실에 도착했을 적에 밖에 나갔다가 돌아온 듯 환자용 휠체어에 비스듬히 앉아 간병인의 부축을 받고 있었다. 침대에 간병인 홀로 환자를 누일 수가 없어서 함께 간 치 교수가 거들어 주어야만 하였다. 침대에 잘 누운 다음 치 교수가 인사를 하였으나 의식도 분명치 않은 것 같았고 말을 제대로 하거나 알아듣지도 못하는 것 같았다. 내가 다가가서 말을 걸자 다행히 '쩐(金) 쉐에(學) 주우(主)' 하고 눈을 떠서 나를 알아보고 내가 잡은 자기 손을 약간 흔들어 주었다. 억지로 말을 몇 마디 주고받다가 나는 더 참을 수가 없어서 바로 화장실로 달려가 눈물을 한참 펑펑 쏟으며 마음을 가라앉히고 돌아왔다. 이것이 우리의 최후의 만남이었다. 병실로 돌아와 보니 장형은 잠이 든 것 같아 치 교수와 옆의 대기실로 가서 커피를 마시며 집을 출발하였다는 부인 펑이(彭毅) 교수가 오기를 기다렸다. 이들 두 부부는 함께 대만대학 중국문학과에서 교수로 봉직하다가 퇴직한 사람들이다. 조금 뒤에 펑이 교수가 도착하여 함께 앉아 여러 가지 애기를 하다가 다시 병실로 가서 누워있는 장형의 얼굴만 보고는 대만대학의 회의장으로 돌아왔다. 펑이 교수는 이미 20년 전쯤에 심장을 크게 수술하여 몸이 약하였기 때문에 나는 늘 이들 부부를 대하게 되면 남편 장형 보다도 아내 펑이의 건강을 걱정하여 왔다. 그런데 오히려 펑이는 건강에 별다른 문제가 없는 것 같았다. 이들 나이는 내 기억으로 펑이는 나와 동갑인 만 82세이고 장형은 84세이다. 어떻든 이로부터 내 마음은 계속 어두웠다.

  이들 부부는 대만의 친구들 중 나와 가장 친한 두 사람일 뿐만이 아니라 나의 대만대학 중국문학연구소(대학원)의 동기생들 중 유일하게 나와 교유를 맺은 부부이다. 나는 1959년 3월 군 복무를 마치자마자 중화민국 초청 국비유학생으로 타이완으로 유학하여 대만대학 중국문학연구소中國文學硏究所에 입학하였는데, 나는 그곳 대학원에 최초로 정식 등록한 외국 학생이었다. 나는 나에게 힘겨운 강의를 따라가며 공부를 하랴, 제2외국어(불어) 시험을 보랴, 논문 제출 자격 학과 시험을 보랴, 논문을 쓰랴, 등등의 일로 중국 친구들을 사귈 여유가 거의 없었다. 심지어 기숙사의 같은 방에서 생활하는 친구와도 별로 어울려 놀지 못하였다. 때문에 증영이(曾永義)를 비롯한 타이완의 친구들은 거의 모두가 내가 서울대학에 자리를 잡은 다음 다시 가서 사귄 친구들이라 모두 나보다는

5, 6년 더 젊은 사람들이다. 그런데 장형 부부만은 나와 동기 생으로 그곳에서 함께 공부하면서 친해져서 지금까지 우의가 이어져 온 유일한 친구 부부이다.

당시 대만대학은 본시 3월은 2학기라서 규정상 정식 등록 을 할 수가 없었으나 미국 시애틀 워싱턴대학의 시유중(施友 忠) 교수가 와서 '문예심리학文藝心理學' 이라는 강의를 개설 하였기 때문에 나는 정식으로 등록을 할 수가 있었다. 그때 그 과목과 함께 처음으로 내가 대만대학 대학원 중국문학과 의 강의를 신청하여 들은 과목이 다이쥔런(戴君仁, 1900-1978) 선생님의 〈경학사經學史〉였는데, 교재로는 청淸 말 피석서皮 錫瑞의 『경학역사經學歷史』를 썼다. 그 책을 부주附注까지 뒤 에 붙여 유인油印한 두툼한 책(본문 116쪽, 부주 82쪽, 목록 별도) 을 학생들에게 나누어주고 교재로 썼다. 그때 나는 경서經書 라고는 사서四書도 제대로 읽어보지 못한 실력이라 그 강의를 도저히 따라가는 수가 없었다. 그리고 교재 자체가 아무리 열 심히 읽어보아도 이해할 수 없는 어려운 곳이 많았다. 그렇다 고 가만히 앉아서 낙제를 할 수는 없다고 마음먹고 과목 담당 의 다이쥔런 선생님을 찾아뵈었다. 나는 먼저 한국 학생이라 는 자기소개를 한 뒤, 교과서 자체가 이해하기 어려운 곳이 많음을 구체적으로 보기를 들면서 말씀드리고 해결방법을 가 르쳐 주십사고 말씀드렸다. 그러자 선생님은 "너 일본 글은

읽을 수 있느냐?"고 물으셨다. "어느 정도는 읽습니다." 하고
대답하자, 선생님은 "우리 교재를 쓴 피석서皮錫瑞를 비롯하
여 중국의 학자들은 특히 경학經學에 있어서는 모두 자기가
공부한 학파에 따른 선입견先入見이 강하여 경학에 관한 여러
가지 문제들을 객관적으로 파악하지 못한다. 피석서도 금문
파今文派 학자로서의 편견이 무척 강한 학자이다. 일본 학자
인 본전성지本田成之가 쓴 『중국경학사中國經學史』가 있으니
그 책을 구하여 교재와 함께 읽으면서 강의를 듣도록 하라."
고 일러주셨다. 나는 즉시 시내 헌책방으로 나가 일본 학자
본전성지가 쓴 『지나경학사론支那經學史論』(東京 弘文堂)을 한
권 구하여 읽어보니 정말 그 강의를 어느 정도 따라갈 수가
있었다. 곧 다시 다이쿵런 선생님께 찾아가 일본 책을 구하여
읽은 사실을 말씀드리자, 선생님께서 "그렇게 정독을 한다면
그 책을 한 번 중국어로 번역해 보면 어떻겠느냐?"고 말씀하
셨다. 나는 즉시 "중국 문장 실력이 부족하지만 최선을 다해
보겠습니다." 하고 대답하고는 숙소로 돌아와 바로 그 책의
번역에 착수하였다.

나는 먼저 가장 두꺼운 대만대학 노트를 사가지고 와서 그
노트에 『중국경학사』를 서문부터 꼼꼼히 번역하기 시작하였
다. 그리고 중국 글을 잘 아는 중국 친구에게 부탁하여 나의
번역 문장의 교정校正을 받아야겠다고 생각하고 내가 도움을

청할 친구로 골라낸 이가 장형이었다. 본전성지本田成之의 『지나경학사론』은 모두 7장章으로 이루어지고 한 장은 각각 너덧 절節로 이루어져 있는데, 대략 한 절의 번역이 끝날 때마다 번역한 글이 실린 노트를 장형에게 들고 가서 교정을 받은 뒤 다시 문장을 손질하여 대만대학 원고지에 깨끗이 옮겨 쓴 다음 그 원고를 다이쭨런 선생님께 갖다 드렸다. 나는 번역을 하면서 그 책의 제목을 『중국경학사』라고 고쳤다. 그리고 그 번역을 1960년 9월 3일에 완료하였다. 지금도 그때 대만대학 노트에 내가 초역을 하고 장형이 연필 또는 붉은 펜으로 교정한 초고草稿가 내 서재 책장에 소중히 보관되어 있다. 노트는 모두 3권이 넘는데, 한 권이 100쪽이고 매장마다 빽빽이 번역문이 빈틈없이 박혀있고, 다시 노트의 낱장 10여 장의 분량이 한 데 묶여서 3권 끝머리에 덧붙어있다.

나의 이『중국경학사』의 번역 원고를 받아보신 다이쭨런 선생님은 1년이 약간 넘는 기간에 그 대저大著를 완역한 나의 노고를 매우 높이 평가해 주셨다. 그리고 그로부터 나의 공부하려는 열의를 매우 칭찬하시는 한편 적극적으로 나를 이끌어주시고 격려해주셨다. 결국 선생님의 〈경학사〉 강의의 청강은 나의 학문실력을 뒷받침해 주고 용기를 불어넣어 주어서 뒤이어 취완리(屈萬里, 1907-1979) 교수님의 『시경詩經』과 『서경書經』 강의, 중국문학과 주임교수를 오랫동안 맡으셨던 타이징눙(臺靜農, 1902-1990) 교수님의 『초사楚辭』 강의, 나의 논문 지도교수이셨던 정첸(鄭騫, 1906-1991) 교수님의 〈시선詩選〉과 〈사선詞選〉 강의, 왕슈민(王叔岷, 1914-2004) 교수님의 〈교수학校讎學〉과 『장자莊子』 강의를 듣는 데에도 큰 힘이 되었다. 그리고 내가 강의를 들은 중국문학과의 이상 다섯 교수님들은 모두 중국의 북경대학北京大學을 비롯한 명문대학 교수로 계시다가 국민당國民黨 정부가 타이완으로 옮겨 오면서 장제스(蔣介石) 총통總統이 함께 모시고 온 중국문학 분야의 세계적인 석학들이셨다. 나는 학교에서 이분들의 학문뿐만이 아니라 이분들의 풍채風采와 풍격風格 및 언동言動 등을 접하면서 이분들이야말로 모두 살아계신 성인聖人이라는 감명을 받았다. 때문에 나는 공부하는 것뿐만이 아니라 내 생활 모든 면에서 이분들을 본뜨려고 무척 애쓰기 시작하였다. 타이완 유학을 마치고 귀국한 뒤에도 틈만 나면 타이완을 방문하여 이 선생님들의 지도를 받았다. 그 결과로 나도 결국은 학자가 된 것 같다. 나는 1961년에 외국 학생으로는 처음으로 대만대학의 중국문학 석사학위를 얻어 가지고 귀국하여 서울대학의 강사가 되었는데, 대만대학의 어려운 학위과정을 무난히 마칠 수 있었던 것도 다이쥔런 선생님의 계속된 적극적인 지도와 여러 교수님들의 각별한 사랑 덕분이었다고 믿고 있다. 그리고 『중국경학사』 번역 이후 공부하다가 문제가 생기면 바로 장형 부부에게로 달려가 그 문제를 놓고 상의하면서 가르침도 받았다. 때문에 그들 부부와는 단순한 친구 사이의 교유에 그치지 않고 나의 중국 고전문학 공부에 큰 힘이 되어주었다. 심지어 나의 학위논문 작성과 논문을 심사할 적의 구두시험 준비에도 많은 격려와 도움을 주었다고 믿고 있다.

다이쥔런 선생님은 그 뒤 내가 찾아뵈었을 적에 내가 번역한 『중국경학사』 원고를 출판을 하는 친구에게 번역 문장에 윤문潤文을 하여 출판해 달라고 넘겨주었다고 하셨다. 그리고 여러 번 책의 출간이 너무 늦어지고 있는 것 같다고 걱정하시다가 책이 나온 것을 보시지 못하고 작고하셨다. 나 자신도 그 원고가 어떻게 되었을까 궁금하기 짝이 없다. 선생님께서 작고하신 다음 해인 1979년에 타이베이(臺北)의 대 출판사에서 역자도 밝히지 않고 또 아무런 설명도 없는 본전성지本田成之 저 『중국경학사』 번역이 출간되었는데, 혹시나 하는 생각이 들 뿐이다.

그 밖에도 타이완과 한국에서의 여러 가지 지난 일들이 내 가슴속에 사무친다. 내가 타이베이를 갔을 적마다 이들 부부는 나를 자기 집이나 시내 식당으로 불러내어 함께 식사를 하였는데, 자기들은 별로 술을 좋아하지 않으면서도 내가 술을 좋아한다는 것을 알고 있기 때문에 언제나 나를 위하여 세계

최고의 금문도金門島 고량주高粱酒나 서양의 고급 위스키를 들고 나왔다. 그리고 내가 그 술을 즐기는 것을 보고 자신이 마시는 것보다도 더 즐거워하였다.

그러한 내 친구 장형이 저세상으로 떠나갔단다. 오직 그의 명복冥福을 빌며, 한편 홀로 남은 부인 펑이는 제발 마음의 안정을 되찾고 앞으로 아들딸들과 함께 건강하고 즐거운 나날을 누리기 바란다.

2016. 6. 13

김학주 근도謹悼

2
내 벗 증융이(曾永義)가 써준 시

　작년 2월에 내 제자들이 주축을 이루는 한국중국희곡학회韓國中國戲曲學會가 국제학술대회를 열면서 '이불二不 김학주 선생 팔순 기념'이라는 명색을 함께 내세웠다. 내 자신은 정말로 그런 대접을 받을만한 자격이 없다고 여겨져 무척 송구스러웠으나 회의 날짜에 임박하여 그 사실이 내게는 알려진 터이라 나로서는 어찌 하는 수가 없었다. 그 회의에는 국내 학자들 이외에 타이완(臺灣)과 중국 및 일본으로부터 나와 절친한 중국희곡 연구의 세계적인 대학자들이 한 분씩 초청되어 논문을 발표하고 아울러 내 '팔순'을 축하하여 주었다. 타이완에서는 대만대학臺灣大學 중국문학계中國文學系 명예교수이며 국립중앙연구원國立中央研究院 원사院士인 증융이(曾永義) 선생, 일본에서는 동경대학東京大學 명예교수이며 일본학사원日本學士院 회원인 다나까잇세이(田仲一成) 선생이 초청되었다. 중국에서는 중국 희곡계의 거장인 취류이(曲六乙) 선생을 초청하려 하였으나 마침 몸이 불편하여 자신이 직접 참여하지 못하고 대신 중국 고전희곡 연구의 대가이며 중국희곡학회 부회장인 조우유더(周育德) 선생이 내한하게 되었다. 다나까 선생은 「일본에 있어서의 중국제사희극中國祭祀戲劇 연구」, 증융이 선생은 「희곡가악戲曲歌樂 기초의 구성」, 조우유더 선생은 「근 삼십 년래 중국 대륙의 희곡 연구」라는 빼어난 논문을 발표해 주었다.

제1부 이후 제2부와 제3부의 논문 발표가 끝난 뒤에는 마침 중국에서 초청되어 와서 공연 중인 샨둥(山東) 지난시(濟南市) 곡예단曲藝團이 와서 서하대고西河大鼓·산동쾌서山東快書·산동평서山東評書 등 설창說唱을 중심으로 하는 축하공연을 하여 주었다. 그리고 우리의 판소리 명창이 고수와 함께 와서 특별공연을 해 주었다. 모두가 분에 넘치는 행사였다. 그보다도 더 감격스러웠던 것은 연회장에서 축하주 건배를 한 다음 증융이 선생이 그 자리에서 축하시를 한 수 지어 참석자들에게 사본을 돌린 다음 그것을 큰소리로 설명을 하면

서 낭송을 하고 모든 참석자들에게 건배를 청하면서 그 원본을 나에게 건네준 것이다.

증융이 선생은 중국학계에서 공인하는 중국 고전희곡 연구의 최고봉에 위치하는 대가이며 나와는 거의 반세기에 이르는 기간의 교분을 쌓아오고 있다. 그는 희곡을 필두로 하여 중국의 속문학俗文學과 민속예술民俗藝術 및 고전 시가 연구에도 엄청난 업적을 올리고 있으며, 한시漢詩를 짓는데 있어서는 내가 아는 한 현대에 다시 찾기 어려울 정도의 빼어난 작가이다. 그리고 그는 타이완과 중국뿐만이 아니라 국제적으로도 널리 알려진 주호酒豪이며 나와는 오래된 술친구이기도 하다. 대만대학에서 공부하고 돌아온 우리나라 학자 중에는 그의 제자가 여러 명 있다. 때문에 연회장의 메인테이블 위에는 그를 따르는 한국 제자와 친구들이 들고 온 양주병이 예닐곱 병이나 쌓였었다. 그가 축하 건배 첫 잔을 비운 다음 지어준 축하시를 아래에 소개한다. 먼저 앞머리에 이 시를 짓게 된 경위에 대하여 자주自註를 다음과 같이 써 붙여 놓고 있다.

"2014년 2월 21일, 나는 중국 대륙에서 온 조우유더(周育德)와 일본에서 온 다나까잇세이(田仲一成)와 함께 한국의 서울 한양대학漢陽大學에서 열린 '신세기新世紀 희곡 연구의 새

로운 방향' 이란 주제의 국제학술회의에 참가하였다. 여기
에는 한국중국희곡학회 회장 오수경吳秀卿 교수가 자기 나
라 한학漢學의 종사宗師인 김학주 교수의 80회 생일을 경축
하려는 뜻도 담겨 있었다. 지금 나는 나이가 73세이고, 조우
선생은 76세, 다나까 선생은 83세이니, 역시 희곡 학계의 삼
로三老라고 일컬을 수가 있다. 칠언율시七言律詩 한 수를 읊
어 성대한 모임을 기념하는 한편 오형吾兄 학주 교수의 수탄
壽誕을 아울러 축하한다."

2014年2月21日余與大陸周育德, 日本田仲一成同在韓國首
爾漢陽大學參加「新世紀戲曲研究新方向」國際學術會議, 乃
韓國中國戲曲學會會長吳秀卿教授爲慶祝其本國漢學宗師金
學主教授八秩華誕也. 時余年七十有三, 周氏七十有六, 田仲
氏八十有三, 亦堪稱戲曲學界三老矣. 賦七律一首聊記盛會,
並爲吾兄學主教授壽.

그의 시는 다음과 같다.

팔십 장수의 영광을 놓고 함께 술잔을 들어
대한 학계가 종사宗師를 추앙하네.
멀리 바다를 건너온 세 늙은 학자들도
논문을 발표하면서 축하하는 말을 하네.

강의실은 좋은 나무로 만든 훌륭한 기구들로 찼고

봄바람 이는 방안의 인물들은 멋진 모습을 서로 다투고 있
네.

선녀 같은 미인들이 만수무강을 비는 술로 송축하니

한 번 마시면 백 년 두고 다시 만날 때까지 건강하겠네.

耄耋榮光共擧巵, 大韓學界仰宗師.
모질영광공거치　　대한학계앙종사

飄洋過海三耆宿, 偉論宏文作賀辭.
표양과해삼기숙　　위론굉문작하사

絳帳楩楠皆偉器, 春風闔苑競丰姿.
강장편남개위기　　춘풍랑원경봉자

麻姑頌祝無疆酒, 一飮期頤再會時.
마고송축무강주　　일음기이재회시

　그리고 원고지 끝머리에는 "제 증용이 근정弟 曾永義 謹呈"
이라는 서명이 붙어있다. 연회장에서 증용이 교수가 이 시를
읽어줄 때 정말 고맙고 감격하여 눈물이 흘렀다. 분에 넘치는
축수모임이오, 과분한 송축시이다.

　실은 증 교수는 1994년 한국중국희곡학회에서 학회지『중
국희곡』제2집을 "이불二不 김학주 교수 화갑華甲 기념호"로
발간할 적에도 「회갑回甲」이라는 제목 아래 축시를 써 보내주
었다. 그 시는 "김학주교수화갑경金學主教授花甲慶"이라는 여
덟 글자를 매 구절 앞머리에 한 자씩 붙여가며 지은 칠언七言

의 송시였다. 그 시는 다음과 같다.

그가 있는 학원에는 시원하고 가벼운 바람 일고
학문과 교육 겸비하여 한국과 중국에 저명하네.
중국 고적古籍을 연구하여 학문을 더욱 빛내고
영재들을 교육하여 명성이 드높네.
현대의 학교에서 경전經典을 가르치고 학업을 전수하며
고대의 학당과 같은 아름다운 나날을 보내고 있네.
시끄러웠던 전쟁도 이제는 북쪽까지 잔잔해졌으니
경축 모임에 술잔 돌리며 수옹壽翁을 축하하네.

金馬玉堂淡蕩風,　　學行兼備著韓中.
금 마 옥 당 담 탕 풍　　학 행 겸 비 저 한 중

主持漢籍光文化,　　教育英才聲譽隆.
주 지 한 적 광 문 화　　교 육 영 재 성 예 륭

授業傳經今絳帳,　　花朝月夕古黌宮.
수 업 전 경 금 강 장　　화 조 월 석 고 횡 궁

甲兵已解關山北,　　慶會飛觴賀壽翁.
갑 병 이 해 관 산 북　　경 회 비 상 하 수 옹

정말 잘 지은 시이다. 그의 한시 짓는 재주는 매우 뛰어나
다. 옛날의 축시까지 꺼내놓고 보니 고마운 마음 갑절이 된
다.

친구라고 하지만 나는 그에게서 학문 연구 방면은 말할 것

도 없고 사람 노릇하는 데 있어서도 많은 것을 배우고 있다. 특히 내가 현직으로 있던 1990년대 초에 내가 주관하여 서울에서 국제학술대회를 개최하며 그를 초청한 적이 있는데, 그때 중융이 교수는 리혜이멘(李惠綿)이라는 대만대학 중문과의 여자 교수 한 명을 함께 데리고 왔다. 리 교수는 몸이 불편하여 동작이 자유롭지 않은 사람인데 중 교수가 지도하여 대만대학 교수가 되었다는 얘기는 이미 들어서 알고 있었다. 그러나 외국 학회에까지 그 제자 교수를 데리고 오리라고는 생각지도 못한 일이었다. 중 교수는 공항에서부터 시작하여 학회에서 논문을 발표하고 귀국할 때까지 계속 리 교수가 불편하지 않도록 빈틈없이 돌보아주었다. 나는 그때 중 교수의 움직임을 보면서 큰 감동을 받았다. 교수로서 제자를 어떻게 돌보아주어야 하는가, 더 나아가 남을 어떻게 대하여야 하는가를 그때 중 교수를 통해서 직접 배웠다. 그의 절반에도 미치지 못하지만 그가 보여준 모범은 나의 몸가짐을 바로잡는 데 큰 도움이 되었다. 그는 내가 존경하는 친구이다. 그런 친구가 내가 나이를 좀 먹었다고 송시까지 써주니 어찌 황송하지 않겠는가? 정말 고맙소!! 내 친구 중융이여!!

2015. 2. 2

3

학문은 꾸준히 잘해야 하고〔學貴有恒〕 주력(主力)은 올바른 도를 지키는 데 두어라〔主能達道〕

2010년 가을 한중교육기금회韓中敎育基金會 고문顧問 자격으로 타이완(臺灣) 타이베이(臺北)에서 중한문화기금회中韓文化基金會에서 주최하는 학술회의를 중심으로 하는 문화교류 행사에 참석한 일이 있다. 우리를 초대한 그쪽 기금회에는 동사董事라는 요직을 맡고 있는 꾸젠둥(顧建東)이란 분이 계셨다. 연세는 나보다 사오 년 위인데 10년 넘도록 서울과 타이베이를 해마다 서로 왔다 갔다 하다 보니 개인적인 친분도 상당히 쌓여 있었다. 그분은 타이베이에서 상당히 규모가 큰 사업체를 운영하는 한편 명달대학明達大學과 성오학원醒吾學院

등 교육기관도 운영하고 있는 분이다. 이 꾸 선생의 가장 두드러진 특징은 대단한 호주가好酒家라서 저녁마다 열리는 만찬 때면 언제나 개인적으로 좋은 서양 위스키를 댓 병씩 준비해가지고 참석하여 중간 크기의 술잔을 들고 만찬장을 돌아다니면서 손님들에게 건배乾杯하기를 강권한다는 것이다. 때문에 중국 사람 한국 사람을 막론하고 만찬 참석자 전원이 그가 자기 옆에 오는 것을 두려워하는 지경이었다. 그분은 하루저녁에 수십 잔의 독한 위스키를 건배하는 술 실력이었다. 그래도 나는 타이베이에 학자들과 문화계 인사들로 구성된 그곳 문화계에서 공인되고 있는 정도의 주당酒黨과 수십 년을 두고 친교를 맺고 있고 그들로부터 상당히 훈련을 받아온 터이라 꾸 선생의 그러한 호기豪氣를 누구보다도 잘 받아들여줄 수가 있었다. 그런 연유도 있어서 꾸 선생은 나에게 각별한 호감을 지닌 듯이 느껴졌다.

학술회의가 끝나는 날 저녁 만찬 자리에서의 일이다. 아마도 꾸젠둥 선생이 회의 참석자들을 초대한 자리였던 것 같다. 꾸 선생은 만찬 자리 한 옆 테이블 위에 무척 큰 종이(가로 약 70cm 세로 약 140cm)를 펼쳐놓은 다음 나를 불러놓고 이제 우리도 많이 늙었으니 기념으로 자기가 글씨를 한 장 써 주겠노라고 하면서 붓을 들고 글씨를 쓰기 시작하였다. 종이 위쪽에 먼저 붉은 물을 적신 붓으로 단번에 리본이 달린 둘레 줄을

친 다음 "뜻대로 되기를! 뜻대로 되기를! 모든 일이 뜻대로 되기를!〔如意! 如意! 事事如意!〕" 하고 세 줄로 쓴 다음, 이번에는 검은 먹물을 찍은 정식 붓을 들고 내 이름 학學자와 주主자를 각각 두 구절 앞머리에 넣어 "학문은 꾸준히 잘해야 하고, 뜻을 오로지 하나로 해야 한다.〔學貴有恒, 專志唯一.〕, 주력主力은 올바른 도를 지키는 데 두고, 마음은 정성되고 지극히 착하게 지녀야 한다.〔主能達道, 心誠至善.〕"는 뜻의 글을 중간에 두 줄로 쓰고, 다시 왼편에 약간 작은 글씨로 "경인년(2010) 가을 ---학주 고문의 몸과 마음이 다 튼튼하고, 행복과 지혜가 함께 갖추어지기를 빌면서. 꾸젠둥 절을 올림.〔庚寅秋 ---祝學主顧問, 身心兩健, 福慧雙修. 顧建東拜.〕"이라 썼다. 그리고는 더 써야만 하는데 남들 앞에서 계속하여 다 쓸 수 없으니 귀가하여 글을 다 써가지고 귀국하기 전에 건네줄 것이니 오늘은 술이나 마시자고 하였다. 그날은 주인의 뜻을 좇아 만찬에 많은 술을 마시며 즐겼다. 이틀 뒤 귀국하기 전에 꾸젠둥 선생은 글씨를 다 썼는데 술을 많이 마시고 써서 잘못된 곳도 있다고 하면서 종이봉투를 하나 내게 건네주었다. 간단히 펼쳐보니 큰 종이에 글씨는 가득히 채워져 있으나 명필은 아닌 것으로 여겨지고 글의 내용을 자세히 읽어볼 형편이 못되어 무얼 쓴 것인지 잘 알지도 못한지라 제대로 고맙다는 인사도 못하고 봉투를 받아 넣고 귀국하였다.

집으로 돌아와 한참 날짜가 지난 뒤 봉투 안의 그가 써준 글을 펼쳐보면서 나는 깜짝 놀랐다. 내가 보는 앞에서 큰 종이에 쓴 글씨 아래쪽의 전면을 비슷한 크기의 다섯 토막으로 나누어 위로부터 「마음을 너그럽게 하는 노래(寬心謠)」·「세상을 깨우치는 시(醒世咏)」·「오래 사는 길(長壽之道)」·「사람이 지녀야 할 여덟 가지 좋은 마음(人生八味)」·「매화·난초·국화·대나무(梅蘭菊竹)」의 사람들에게 교훈이 될 다섯 가지 글들이 차례차례 빼곡히 씌어져 있었다.

첫 번째 「마음을 너그럽게 하는 노래」는 한 구절이 일곱 글자와 여덟 글자로 이어지는 20줄(行)의 노래이다. 첫머리 여섯 구절이 이렇게 시작되고 있다.

해는 동쪽 산에 떠서 서쪽 산에 지고 있고
걱정하는 날도 있고 기뻐하는 날도 있네.
일을 하게 되면 쓸데없는 짓 말아야
사람도 편안하고 마음도 편하다네.
매달 월급을 받으면
많아도 기뻐하고 적어도 기뻐해야 하네.

日出東山落西山,　愁也一天喜也一天.
일 출 동 산 락 서 산　　수 야 일 천 희 야 일 천
遇事不鑽牛角尖,　人也舒坦心也舒坦.
우 사 불 찬 우 각 첨　　인 야 서 탄 심 야 서 탄

每月領取薪資錢,　多也喜歡少也喜歡.
매 월 령 취 신 자 전　　다 야 희 환 소 야 희 환

모두 교훈이 되는 좋은 말들이다. 다음의 「세상을 깨우치는 시」는 40구절로 이루어진 칠언시七言詩 형식의 글이다. 앞머리 여섯 구절을 아래에 인용한다.

　　붉은 먼지 흰 물결 이는 어지러운 세상살이
　　욕된 것 참고 부드럽게 어울리는 것이 좋은 방책이네.
　　어디에서나 환경에 맞게 생활하고
　　평생을 분수 따라 편안히 세월을 보내야 하네.
　　자기의 속마음 어둡게 지니지 말고
　　다른 사람들 잘못 들춰내지 않아야 하네.

　　紅塵白浪兩茫茫,　忍辱柔和是妙方.
　　홍 진 백 랑 량 망 망　　인 욕 유 화 시 묘 방

　　到處隨緣延歲月,　終身安分度時光.
　　도 처 수 연 연 세 월　　종 신 안 분 도 시 광

　　休將自己心田昧,　莫把他人過失揚.
　　휴 장 자 기 심 전 매　　막 파 타 인 과 실 양

　　다음의 「오래 사는 길」에는 다섯 가지 오래 사는데 도움이 될 교훈을 담고 있다. 내게 오래 살아달라는 뜻을 담아 썼을 것인데, '한 가지 그 중심이 되는 것'으로 "건강健康" 한 마디

를 들고, '두 가지 요점要點'으로는 "약간 바보스럽고, 약간 말쑥하게 지내라.〔糊塗一點(호도일점), 瀟洒一點(소쇄일점).〕"는 두 가지를 쓰고 있는데 그 말은 교훈이 될 뿐만이 아니라 재미도 있다. 다음 '세 가지 태도'로는 "남을 돕는 일을 즐거움으로 삼고, 착한 일을 하는 것을 가장 즐기고, 스스로 자기가 하는 일에 만족하며 즐기라.〔助人爲樂(조인위락), 爲善最樂(위선최락), 自得其樂(자득기락).〕"는 말이 적혀있다. 그 뒤로 '네 가지' '다섯 가지' 오래 사는데 도움이 되는 교훈을 썼는데, 이는 15줄이라 지면이 남자 "날마다 세 번 웃으면 얼굴이 멋지게 된다.〔天天三笑容顏俏(천천삼소용안초).〕"는 등의 네 줄의 교훈이 빈칸에 잘 어울리도록 더 적혀 있다. 네 번째 「사람이 지녀야 할 여덟 가지 좋은 마음」으로는 첫째로 '사랑하는 마음(愛心)'에 이어 '텅 빈 마음(虛心)'·'맑은 마음(淸心)'·'정성스런 마음(誠心)'·'믿음이 있는 마음(信心)'·'오로지 하는 마음(專心)'·'참는 마음(耐心)'·'넓은 마음(寬心)'을 들고 이들 마음의 장점과 그런 마음을 지니는 방법을 두 구절의 글로 써넣고 있다. 맨 아래쪽의 「매화·난초·국화·대나무」는 이들 사군자四君子의 네 글자 아래 각각 그 식물의 뛰어난 점을 두 구절로 써넣은 것이다. 그리고 맨 아래에 옆으로 '사양인射陽人 회기懷祺 꾸젠둥(高建東) 배서拜書'라는 10개의 글자가 쓰여 있고 양옆에 두 개의 커다란 도장이 찍혀 있다. 위쪽에도 양편으로 또 다른 도장이 두 개 찍혀 있다.

전부 여섯 단으로 이루어진 1,000자에 가까운 글씨이다. 이것을 다 쓰는 데 얼마나 힘이 들었을까? 그가 경영하는 학교와 사업의 직무가 무척 많을 것인데 그처럼 많은 술을 드시고 집에 돌아가서는 잠도 자지 않고 이것을 썼을 것이다. 글씨 중에는 취기가 약간 느껴지는 것도 있다. 나를 생각해준 꾸젠둥 선생의 성의가 뒤늦게 내 가슴을 메웠다. 그는 '술을 무척이나 좋아하고 많이 마시는 사람' 이었기에 나에게 글을 써주려는 것도 술주정의 일종이라고 가볍게 생각하고 글을 쓴 종이가 들은 봉투를 받을 적에도 제대로 고맙다는 인사도 드리지 못하였다. 남의 선물을 가볍게 생각하면서 받은 내 자신이 부끄럽기 짝이 없다. 어찌해야 꾸젠둥 선생의 성의에 고맙다는 인사라도 다시 할 수가 있을까? 연세가 적지 않은데 건강하시기나 한가? 그 뒤로 나는 한중교육기금회와의 관계를 끊었는데, 꾸젠둥 선생도 그쪽 기금회 활동에 더 이상 나서지 않는 것 같다. 제발 내가 다시 타이베이를 방문할 때까지 건강히 잘 계시기만을 간절히 빌 따름이다. 꾸젠둥 선생님! 선생님이 친필로 가르쳐 주신 교훈을 자주 읽으며 여생을 올바로 살도록 노력하겠습니다.

지금은 꾸젠둥 선생의 글을 표구하여 그 커다란 액자를 우리 집 응접실 한쪽 큰 벽에 걸어놓고 매일 바라보고 있다.

학문을 꾸준히 하는 게 소중하고, 뜻을 오로지 하나로 하라.
주력은 올바른 도를 지키는 데 두고, 마음은 정성되고 지극
히 착하게 지니라.

學貴有恒, 專志唯一.
학 귀 유 항　　　전 지 유 일

主能達道, 心誠至善.
주 능 달 도　　　심 성 지 선

2014. 1. 18

4

《증융이(曾永義) 선생 학술업적 기리는 국제학술회의》참가기

　필자는 2016년 4월 22일부터 23일 사이에 타이완(臺灣)의 국립대만대학國立臺灣大學 문학원文學院 중국문학과에서, 30여 년 동안 자기네 학과 교수를 역임하고 지금은 대만대학 명예교수이며 국립중앙연구원國立中央研究院 원사院士로 있는 증융이 교수가 만 75세가 된 것을 계기로 축수와 함께 학문 연구 업적을 기리는《증영의선생학술성취여신전국제학술연토회曾永義先生學術成就與薪傳國際學術研討會》에 참가하고 왔다. 나는 대회장에 나가서 무엇보다도 먼저 회의 규모에 놀랐다. 입구에서 나누어주는 대회 발표 논문집이 4×6배판 크기

로 800쪽에 달하는 책 상·하 두 권인데 가방에 담아 주는데
도 들기에 무겁게 느껴질 정도의 큰 부피였다. 논문발표자만
모두 91명인데, 그중 중국 대륙의 각 성省 대학에서 온 학자
가 40여 명, 미국 학자 2명, 일본 학자 1명, 한국 학자는 나와
한양대의 오수경 교수의 2명이었다. 덕분에 나는 친교가 있
던 여러 외국 학자와 중국 학자들을 여러 명 만나게 되어 무
척 기뻤다. 미국 학자와 일본 학자는 모두 한국에서 열린 학
술대회에도 참여한 일이 있는 상당한 친분이 있는 분들이었
고, 중국에서 온 학자들 중에도 친교가 있는 이들이 많았다.
다만 중국 학자들 중 나의 논문에 관하여 글을 쓴 일이 있는
학자 한 분이 계셨는데, 제대로 바로 알아보고 인사를 드리지
못하여 지금도 미안한 느낌이 든다. 어떻든 대학의 인문계열
한 학과에서 이처럼 큰 국제대회를 열 수 있다는 것이 놀라웠
다.

　대회의 주인공인 증융이는 중국 고전희곡학계에서 거의
최고의 업적을 쌓은 학자로 널리 알려져 있다. 그에게는 『희
곡원류신탐戲曲源流新探』·『희곡戲曲의 아속雅俗·절자折子·
유파流派』·『참군희參軍戲와 원잡극元雜劇』·『속문학개론俗文
學槪論』 등 중국 및 타이완에서 출판된 저서 수십 종과 수많은
논문이 있다. 그리고 2001년 중국의 가장 오래된 희곡이라
알려진 명明나라 때의 곤극崑劇이 UNESCO에서 '인류의 구

술口述 및 비물질문화유산의 대표작'으로 지정되자 중국 연극학계에서는 '곤극' 뿐만이 아니라 자기네 전통연극을 세계화하겠다고 기염을 통하게 되었다. '곤극'은 곤곡崑曲·곤강崑腔·곤산강崑山腔 등으로도 부르는 중국에 남아 전해지고 있는 가장 오래된 그들의 전통 희곡이다. 이 희곡이 소주蘇州 옆의 곤산崑山에서 이루어져 발전한 것이기 때문에 '곤극'이라 부르게 된 것이며, 소주 지방을 중심으로 그 희곡 공연이 성행되어 왔다. 그리고 '곤극'에 대하여도 조예가 깊은 증융이는 곤곡의 세계화에도 팔을 걷어붙이고 나서게 된다. 우선 타이완에 대만곤극단臺灣崑劇團을 조직하여 곤극 공연을 성행케 한다. 그리고 2004년에는 직접 새로운 곤극인 『양산백梁山伯과 축영태祝英台』를 편극하여 타이베이 국가극원國家劇院에서 공연하였는데 두 달 전부터도 표를 구하기 어려울 정도로 관객들이 열광이었다 한다. 증융이는 이에 고무되어 곤극 이외에도 다른 여러 가지 고전극의 편극에도 팔을 걷고 나서서 경극京劇·예극豫劇·가극歌劇 등 18편의 고전극을 편극하여 중국 본토에까지도 여러 지방에 널리 공연되게 하였다.

　증융이가 2014년 정말 되기 어려운 국립중앙연구원 원사院士가 되었는데, 그때 타이완의 학술위원회에서 중앙연구원에 제시한 그의 학술성취學術成就는 요약하면 다음 네 가지였다.

첫째; 고전 희곡 이론과 희곡사戲曲史의 여러 가지 근본 문제와 쟁론들을 해결하는데 크게 공헌하였다.

둘째; 중국 학술의 새로운 영역을 개발하고, 아울러 그에 관한 연구 방법을 제시하였다.

셋째; 새로운 중국 속문학俗文學 자료의 정리 편찬과 새로운 방향의 그에 관한 연구를 개시하였다.

넷째; 타이완 민간의 전통 예술의 조사와 연구를 이끌었고, 국제적으로 중국 민족의 예술문화를 널리 알리는 업적을 이루었다.

대회 폐막식에서 대만대학 중문과 학과장은 자신은 40여 년 전에 증융이의 강의를 들은 제자라고 하면서, 이 네 가지 이외에 그의 공적으로 앞에서 소개한 여러 편의 고전 희극의 편극과 여러 가지 인생과 사회에 관한 문제들을 논한 산문집의 저술을 들었다. 어떻든 그 자신도 대회 개막식에서 행한 「나의 교학敎學 · 연구 · 창작 및 문화 활동」이란 강연 중에, 출판사로부터 받는 인세印稅는 다른 수많은 저술보다도 쉽게 쓴 산문집에서 더 많이 들어오고 있다고 하면서 청중들을 웃기었다. 그는 학술문화에 관한 상을 타이완의 정부와 여러 기관으로부터 여러 가지 탔고, 또 대륙의 중국 희곡학회에서 주는 '제1차 전국희극문화상(首屆全國戲劇文化獎, 2010.)' · 베이징(北京)시에서 주는 '곤곡특수공헌상(崑曲特殊貢獻獎, 2011.)'

· 중국의 '제8차 전국희극문화상' 인 '희곡사론총서주편금상 (戲曲史論叢書主編金獎, 2013.)' 등도 받고 있다.

이 대회는 2일 동안 대강당과 강의실 두 곳으로 나뉘어 논문 발표가 진행되었는데, 강당과 강의실 모두 청중들로 가득 찼다. 첫날인 22일의 제1장場의 강당과 강의실 두 곳 13명의 발표 내용과 둘째 날인 23일 제4장의 강당에서 행해진 8명의 발표 내용은 모두 제자들이 주인공인 증융이의 학문 업적을 기리고 그의 여러 가지 문화 활동을 높이 평가하는 성격의 것들이었다. 대회는 이틀 동안 모두 14개 장차場次로 이루어졌는데, 강당과 강의실이 언제나 중국 학자들이 흔히 말하는 "고붕만좌高朋滿座"라고 할 상태였다.

증융이의 활약은 타이완 중국에만 그치지 않고 온 세계로 넓혀져 있다. 나는 타이완뿐만이 아니라 해외의 여러 학술대회에서 그와 함께하였고, 그는 우리나라에서 열린 학술대회에도 여러 번 참여하여 우리 학계의 중국 희곡연구를 이끌어주는 한편 학술연구에 많은 자극과 힘을 보태어주었다. 특히 나와는 개인적으로도 무척 가까워서 우리나라 학술대회에 참석하여 나의 환갑을 축하하는 시와 나의 팔순八旬 모임을 송축하는 글과 시를 직접 써준 일이 있다. 나는 현대인 중 중국의 고전시를 증융이만큼 제대로 쓰는 사람이 없다고 믿고 있다. 한자의 성조聲調와 성강聲腔이 글을 이루면서 표현하는 묘미를 그만큼 올바로 이해하는 사람은 드물다고 여겨지기 때문이다. 여하튼 나는 그의 나에 대한 성의가 무척 고마워서 「내 벗 증융이가 써준 시」라는 잡문도 쓴 일이 있다.

이런 친분관계 때문에 논문을 쓰기는 무척 어려운 현재의 처지임에도 불구하고 대회에 초청을 받고 억지로 「한국의 지식인과 중국 시·사·곡의 발전(韓國知識人與中國詩詞曲的發展)」이란 글을 써가지고 가서 회의에 참여하였다. 이 논문에서 나는 한국의 지식인을 비롯하여 외국인들이 중국의 옛 시를 좋아한다 하더라도 한자가 지닌 성운聲韻의 화해和諧와 묘용妙用을 통해서 표현하는 한시漢詩나 한문漢文의 진정한 묘미妙味는 이해하지 못한다는 것을 전제로 이론을 전개하였다. 중국 시의 성조聲調는 한국의 지식인도 운서韻書를 통하여 공부하여 쓰는 글자의 평측平仄을 가려내며 어느 정도 따라갈 수 있었고, 시의 시대에는 한중 두 나라가 같은 문화권 안에서 형제처럼 잘 지내었다. 그러나 사詞에 이르러는 그 강조腔調를 이해하기 어려워 사패詞牌가 무엇인지도 알기 쉽지 않았다. 이에 우리 지식인 중에 사를 짓거나 사를 가까이하는 이들은 매우 적었다. 다시 금(金, 1115-1234)·원(元, 1206-1368) 이후 곡曲이 유행하자 한국 사람들은 산곡散曲이건 희곡戲曲이건 그 성강聲腔은 전혀 이해할 수도 없고 또 아는 수도 없었다. 그리고 이 '곡'은 오랑캐인 여진족女眞族과 몽곡

족몽古族에게서 나온 것이라 하여 한국의 지식인들은 멸시하고 거들떠보지도 않게 되었다. 그뿐 아니라 그때부터 중국문화를 시작으로 중국 및 중국인을 멀리하게 되었다. 한중 관계가 소원疏遠하게 된 것이다. 이런 논리로 중국 고전문학에서 시작하여 중국문화를 대하는 한국 지식인들의 자세를 논하면서 이를 한중관계 전반에 관련된 문제로 확장시켜 얘기하였다. 다행히도 여러 사람들이 이에 대한 좋은 반응을 보여주었다.

매일 회의는 오전 9시에 시작되어 오후 4시 30분에 폐회되었고, 5시부터 6시 30분 동안은 만찬, 만찬이 끝난 뒤에는 그들의 전통 연극 전용극장인 국광극장國光劇場으로 가서 7시 30분부터 10시 30분에 이르는 동안 국광극단國光劇團이 공연하는 증융이가 편극한 고전극을 관람하기로 되어있었다. 대회 참석자들은 오전 8시 20분에 호텔을 출발하여 대만대학 캠퍼스에서 열리는 회의에 참여한 뒤 저녁을 먹고는 다시 극장으로 가서 고전연극을 관람하고 오후 11시가 되어야 겨우 호텔로 돌아와 쉬게 되니 상당한 강행군인 셈이었다. 나만은 대회 기간의 이틀 모두 만찬이 끝난 뒤 극장으로 가서 연극공연을 관람하지 못하고 다시 그곳 주당酒黨 멤버들에게 잡히어 2차 술자리에 참여하여야만 하였다.

무엇보다도 재미있는 사실은 증융이는 한창 젊은 30대 중

반부터 시작하여 타이완의 학술 문화계의 주당酒黨의 당수인 당쿠이(黨魁)라고 공인되고 있다는 사실이다. 타이완에서 발행되는 잡지『고금문선古今文選』제1393기期(2016. 3. 20. 발행)와 제1394기(2016. 4. 3. 발행)에는 그곳의 세신대학世新大學 교수인 홍궈량(洪國樑)이 중융의의 주당 활동에 관하여 쓴 글인 「주당당괴외전(酒黨黨魁外傳)」 [2의 1]과 [2의 2]를 싣고 있다는 사실만으로도 그의 주당 '당쿠이' 가 타이완 문화계에서 공인된 성격의 칭호임을 짐작할 수 있을 것이다. 타이완의 주당들은 '주당' 이란 말의 '당' 자를 쓸 적에 '黨' 이라는 정자를 쓰지 않고 반드시 '党' 자를 쓰기로 되어있다. '黨' 자는 '상흑尙黑' 의 두 글자로 이루어져 있어서 "검은 것을 숭상한다."는 뜻을 나타내고 있고, '黑' 은 흑심黑心 또는 흑막黑幕 · 흑수黑手 등 좋지 않은 뜻으로 많이 쓰이기 때문이다. '党' 자는 '상尙' 자와 '인儿' 자가 합쳐져 이루어지고 있는데, 이 글자의 '儿(인)' 은 인人자와 같은 글자여서 '상인尙儿' 곧 "사람다움을 숭상한다."는 뜻을 나타내고 있고, 거기에는 인품人品 · 인격人格 · 인정人情 · 인성人性 등을 존중하자는 뜻이 담겨져 있다는 것이다. 따라서 친구들과 어울리어 술을 마시며 즐기면서 친교를 두터이 하기는 하지만 그들은 언제나 인품과 인격 · 인정 · 인성 등을 존중하면서 즐기기 때문에 난잡한 짓은 하지 않게 되는 것이다. 중융이는 산문집으로『세상을 유쾌하게(人間愉快)』와 『유쾌한 세상(愉快人間)』을 내고 있는데, 그 두 가지 책이 나온 뒤로 "인품과 인격·인정·인성 등을 살리며 세상살이를 유쾌하게 하자"는 말은 타이완 주당의 생활모토로 발전하였다.

다시 타이완에서 나오는 문학잡지인 『국문천지國文天地』 371호(2016년 4월 1일)에는 총 136쪽 중 70여 쪽을 할애하여 증융이의 제자들 18명이 각각 쓴 글로 《대도를 따라 학문을 연구하고, 야자나무 늘어선 대만대학에서는 가르침을 봄바람 일듯 펴주셨다(大道究學問, 椰林沐春風)》는 제목 아래 지난날 스승의 생활과 가르침을 회고하는 18편의 글을 모아 「증융이 원사의 스승과 제자 사이의 정연 전집(曾永義院士師生情緣專輯)」을 엮어서 싣고 있다. 대만대학 캠퍼스의 특징은 학교 정문으로부터 저 끝이 잘 안 보일 정도로 멀리까지 야자나무가 줄을 지어 늘어선 넓고 긴 아름다운 정원이 중심을 이루고 있다는 것이다. 내 자신이 이번 학회에 참석하여 강의 듣기에 지치면 여러 번 슬며시 강당을 빠져나와 캠퍼스의 야자나무 밑을 거닐면서 근 60년 전 내가 공부하던 시절 나를 이끌어준 선생님들과 못 잊을 친구들을 회상하면서 지친 몸과 마음을 달래기도 하였다. 전집 제목의 '야자 숲(椰林)'이 대만대학을 가리키고 있는 것도 그 때문이다. 증융이 자신도 자신의 대만대학 생활 50년을 회고하는 글을 모아 『야림대도오십년椰林

大道五十年』이란 책을 내고 있다. 전집 제목의 '대도'도 이 책 제목에 보인다. 다시 뒤에 '봄바람'이 보이는 것은 그중 한 제자가 「우리는 봄바람을 쐬듯이 선생님의 가르침을 받았다(我們如沐春風)」라는 글을 쓴 데서 인용한 것이다. 이 글을 쓴 18명 중 이름으로 미루어 볼 때 여자 제자가 10명을 넘는 것 같은데, 여러 명이 지난날의 술자리 얘기를 썼고, 그중 한 사람은 자신은 술을 한 잔도 못 마신다고 하면서도 주당 당수인 선생님과 술자리를 함께하였던 즐거운 시절을 되돌아보는 글을 쓰고 있다. 선생님은 자신이나 술에 약한 제자들이 자기 잔에는 중국차나 맹물을 따르고 선생님의 건배 제의에 응해도 전혀 모르는 척 즐겁게 술을 드시며 그 자리를 이끌었다고 하였다. 한 번은 술자리에서 선생님이 "오늘은 술을 좀 과하게 마실 것 같으니 술을 별로 마시지 않는 네가 내 저고리와 가방을 맡아라."고 부탁하여 그날은 자신이 결국 선생님의 저고리와 가방을 집으로 들고 갔다가 다음 날 학교에 나와 돌려드렸는데 무척 고마워하셨다는 회고담도 쓰고 있었다.

내가 증융이와 각별히 친해진 것은 학문 관계도 있지만 술을 좋아하기 때문이기도 하다. 나는 그가 타이완에서 주당의 당수로 공인받기 시작할 무렵부터 이미 술로는 누구보다도 가까운 친구였다. 나는 그 무렵 타이완을 무척 자주 갔는데, 그는 언제나 내가 가면 주당들이 모이는 일정한 식당에 내가 뵙고자 하는 선생님들과 친구들을 불러 모아 즐거운 술자리를 마련해 주었다. 나는 그 덕분에 언제나 나를 올바로 이끌어주신 선생님들의 인자하심과 나를 아껴주는 친구들의 봄바람 같은 정에 젖어들어 지금까지도 내가 좋아하는 금문도金門島 고량주를 즐길 수가 있었다. 중국 대륙에서 개최된 학회에 가서 그를 만났을 적에도 만찬 자리에서는 언제나 함께 온 타이완 학자나 한국 학자들의 양해 아래 우리는 나란히 앉아 회포를 풀며 술을 즐겼다. 그는 외국의 만찬 자리에도 언제나 고량주나 위스키 두세 병은 반드시 휴대하였다.

따라서 타이완의 주당들은 각별히 나와 친분이 두터운 사람들이 많다. 이 주당 친구들은 학회의 만찬이 끝난 뒤 자기들끼리 모여 나를 공연장에 가지 못하도록 잡아놓고 2차 술자리를 벌였다. 그중에는 학회에는 참여하지 않고 주당으로 만찬에만 참석한 사람들도 있었다. 이틀에 걸친 2차 술자리는 친구들의 우정으로 마음이 뿌듯하였다. 그러나 한편으로 서글픔 같은 것도 약간 느껴졌다. 그건 내 나이 탓이기도 하다. 나이가 80대인 친구는 그들 중 두 명이었는데, 모두 거동이 자유롭지 않은 상태였다. 다른 친구들도 거의가 70대이다. 마시는 술의 양이나 건배乾杯의 속도가 내가 기억하고 있는 타이완 주당들에 비하여 반 이상 준 것 같이 여겨졌다. 대회가 강행군이어서 모두들 피곤했다는 이유도 있었을 것이다.

어떻든 마치 내 시대가 지나가버린 것 같은 느낌이 들어 가벼운 서글픔까지 느껴졌다. 앞으로는 내 자신이 더 이상 국제학술대회에 나가 논문을 발표할 수 없을 것으로 여겨지기도 한다. 여하튼 이들 주당들의 2차 모임이 안겨주는 정은 내 가슴을 뿌듯하게 하였다.

이처럼 대학의 한 학과 주관으로도 성대한 국제학술대회를 치를 수 있는 것은 중국인들의 학술을 존중하는 전통과 자기네 국학을 각별히 소중히 여기는 관념 때문일 것이다. 지난 2012년 6월에 내가 참석했던 샹하이(上海)의 복단대학夏旦大學에서 거행되었던 《중국문학사국제학술연토회中國文學史國際學術硏討會》는 중국문학과 교수로 있던 내 친구 장베이헝(章培恒) 교수의 서거 일 주년을 기념하는 모임이었는데, 두 개의 큰 호텔을 빌려 대회용으로 사용하였다. 이런 점은 우리 학계에서도 본뜰 수 있게 되기를 간절히 빈다.

이 글을 쓰면서 한 가지 우리가 반성해야 할 점이 한 가지 머리에 떠올랐다. 그것은 우리는 이웃 나라의 전통연예 또는 민간연예에 대하여 너무 무관심하다는 것이다. 특히 경극京劇 같은 연극은 중국의 14억 인구 사람들이 위의 중난하이(中南海) 지도자들로부터 아래의 노동자 농민들에 이르기까지 모두가 즐기고 있는 연예인데도, 한국 사람들은 거기에 대하여 별 관심도 없고 좋아하지도 않는다. 중국의 가장 오래된 연극인 곤극崑劇이 UNESCO에서 〈인류의 비물질문화유산〉으로 지정되었다 해도 우리나라 사람 중에는 '곤극'이 무엇인가 알아보려는 사람도 거의 없다. 여러 해 전의 일이지만 중국의 유명한 매란방경극단梅蘭芳京劇團과 난징(南京)의 강소곤극단 江蘇崑劇團이 서울 〈예술의 전당〉에 와서 공연한 일이 있는데, 한국의 중국희곡학회 멤버들이 열심히 여러 면으로 활동했는 데도 관람객들이 공연장 자리를 채우기에 급급하였다. '강소 곤극단'에는 장지칭(張繼靑)이라는 중국에서 크게 명성을 떨 치고 있는 곤극의 여배우가 끼어있었는데도 한국 사람들은 별 관심이 없었다. 이 점 우리는 일본이라도 본떴으면 좋겠다고 여겨진다. 일본은 자기네 전통 연극인 가부끼(歌舞伎) 배우 및 극단들과 중국의 경극 배우 및 극단들이 오래전부터 형제처럼 가까이 친교를 맺고 작품과 연극 공연 기교를 서로 교환하고 있다. 그리고 곤극에 있어서도 일본에는 베이징(北京)의 곤극 단과 손을 잡고 곤극을 배우면서 활동하고 있는 일본곤곡지우 사日本崑曲之友社와 수조우(蘇州)와 난징(南京)의 곤극단과 손잡 고 활동하고 있는 경도강남사죽회京都江南絲竹會가 있다.[1] 우

1 2005년 4월 19-24일, 臺灣 國立中央大學 개최 國際大會 〈世界崑 曲與臺灣脚色〉에서 발표한 京都大學 敎授 赤松紀彦의 논문 「傳入 日本的中國戲曲-江戶末期明治初期流行明淸樂中的戲曲資料」 발 표 의거.

리도 중국의 경극이나 곤극에 대하여 적어도 일본 사람들 정도의 관심은 가져야만 할 것으로 믿는다. 그래야 중국 중국인을 올바로 알고 중국 사람들과 친해질 수가 있을 것이다.

　얘기가 학술대회와 직접 관련이 없는 문제로 벗어난 것 같아 송구스럽다. 어떻든 끝으로 이처럼 학문연구와 활동으로 학계와 문화계의 성대한 축수와 축하 및 칭송을 받고 있는 증융이에게 나도 진심으로 그의 건강을 빌며 굉장한 학문 업적과 활동에 칭송을 보태는 바이다.

2016. 5. 5

IV.
태평스런 세상

1
태평스런 세상

　나는 중국의 역대 왕조 중에서 정치를 가장 잘하여 백성들
이 가장 편안하고 부유한 삶을 누렸던 나라가 북송(北宋, 960-
1127)이라 믿고 있다. 나라가 잘 다스려진 덕에 중국의 전통
문화가 가장 발전했었고, 속강俗講이나 잡극雜劇 같은 민간연
예도 크게 발전하였다. 농업생산도 매우 발전하였고 도자
기·비단·종이·인쇄·차 같은 경공업 생산도 크게 발전하였
다. 이에 따라 상업도 발달하고 도시 경제와 문화도 크게 진
전되었다.

　나의 전공인 중국의 고전문학도 가장 발전했던 시기가 북

송이라 믿고 있다. 보통 중국 학자들은 중국의 전통문학이 가장 발전했던 시기를 당唐나라 중엽인 성당(盛唐, 713-755) 때라고 믿고 있지만 북송 때의 문학이 훨씬 더 발전하였다. 시에 있어서도 이백(李白, 701-762)·왕유(王維, 701-761) 등의 성당 시인들은 풍류적인 내용을 아름답게 읊으며 즐기는 데에만 힘썼다. 심하게 말하면, 그들의 시에는 사람들도 없고 사람들이 살고 있는 세상도 없다. 북송에 와서는 시인들이 정치사회와 백성들의 생활에도 관심을 가지고 개성을 발휘하는 작품을 썼다. 서정적인 면에 있어서는 민간의 가요형식을 따른 장단구長短句인 사詞라는 새로운 시를 개발하여 이른바 송사宋詞로 자리 잡게 하였다. 산문에 있어서도 문장의 아름다운 형식만을 중시하는 변려체駢儷體를 벗어나 고문古文을 쓰기 시작하였다. 민간에는 속강과 잡극 같은 여러 가지 연예가 성행하였다. 흔히 중국의 대시인 하면 당나라 때의 이백과 두보(杜甫, 712-770)를 시선詩仙이니 시성詩聖이니 하며 가장 높이 치지만 이들보다도 더 뛰어난 문호가 북송의 구양수歐陽脩, 1007-1072)·왕안석(王安石, 1012-1086)·소식(蘇軾, 1036-1101) 같은 문인들이다.

북송의 사상가이며 시인으로 소옹(邵雍, 1011-1077)이 있다. 그는 특히 숫자를 바탕으로 우주와 만물이 이루어진 원리를 푸는 선천상수학先天象數學으로 유명하여 공자가 이룩하여 놓은 유학의 성격을 변화시킨 송대 이학理學의 개척자 중의 한 사람으로 알려져 있다. 그런데 그의 시집 『이천격양집伊川擊壤集』을 펼쳐보면서 이 시인이야말로 북송이란 시대를 가장 잘 대표하는 시인이라는 생각을 하게 되었다. 무엇보다도 그는 태평스러웠던 그의 시대를 무척 즐기면서 살았던 사람이다. 그는 「태평음太平吟」이란 시에서 이렇게 읊고 있다.

천하는 태평한 나날로 이어져
사람들의 삶은 안락하기만 하다.

天下太平日, 人生安樂時.
천 하 태 평 일   인 생 안 락 시

그의 자가 요부堯夫인 것도 자신이 요임금 때나 같은 태평세월에 살고 있는 남자임을 자부하기 위한 것이다. 따라서 그는 편히 즐겁게 살아가고 있기에 자기의 호는 안락선생安樂先生이라 하였다. 그의 시집이 『이천격양집伊川擊壤集』인데 '이천'은 그가 살던 낙양洛陽 근처에 흐르던 강물 이름으로 자기가 사는 곳을 가리킨다. '격양'은 요堯임금 시절에 "천하가 태평스럽고 백성들이 잘사는 것"을 한 노인이 땅을 치면서 노래를 불렀다는 「격양가擊壤歌」[1]에서 따온 말이다. 따라서 '격

1 『帝王世紀』:"帝堯之世, 天下太和, 百姓無事, 有老人擊壤而歌."

양’ 은 태곳적에 덕으로 세상을 다스리어 극히 평화로웠던 요
임금의 시대나 같은 세상을 뜻한다. 곧 『격양집』은 태평시대
를 읊은 시집임을 뜻한다. 따라서 그의 이 시집에는 앞에 한
구절을 인용한 『태평음』뿐만이 아니라 거의 그의 모든 시들
이 태평 세상을 노래한 작품들이다. 자기가 사는 곳을 노래한
『안락와安樂窩』란 시를 소개한다. ‘안락’ 은 안락하게 사는 곳
을 뜻할 뿐만이 아니라 앞에 소개한 것처럼 그의 호이기도 하
다. ‘와’ 는 움 또는 움막의 뜻이다. 따라서 ‘안락와’ 는 ‘안락
하게 살고 있는 움막’ 또는 ‘안락한 나의 움막’ 을 뜻한다. 그
의 시는 이러하다.

꿈에서 깨어나니 반은 기억나는데 기억나지 않는 것도 있
고,
마음이 권태로우니 시름이 있는 것도 같고 없는 것도 같네.
이불 끌어안고 비스듬히 누워 일어나지 않으려는데,
발 처진 창밖에는 떨어지는 꽃잎이 어지러이 날리고 있네.

半起不起夢醒後, 似愁無愁情倦時.
반 기 불 기 몽 성 후   사 수 무 수 정 권 시

擁衾側臥未欲起, 簾外落花撩亂飛.
옹 금 측 와 미 욕 기   염 외 락 화 료 란 비

깨끗하고 아무런 욕심도 없고 걱정도 없는 이의 아름답고

소박한 움막의 생활을 떠올리게 한다. 그의 생활 모습의 일면
을 읊은 「삽화음揷花吟」이란 시를 한 수 더 읽어보기로 한다.

머리 위에 꽂은 꽃가지 술잔에 비치니
술잔 속에 아름다운 꽃가지 있네.
내 자신 60년의 태평세월 겪었고
눈으로 직접 네 임금의 전성 시절 보아온 데다가,
그 위에 또 근력이며 몸이 대체로 건강하니
정말 향기로운 이 시절 어찌 그대로 보내랴?
술에 꽃 그림자 잠기어 붉은빛이 흐르거늘
어이 꽃 앞에서 취하지 않고 돌아가랴?

頭上花枝照酒巵, 酒巵中有好花枝.
두 상 화 지 조 주 치　주 치 중 유 호 화 지

身經兩世太平日, 眼見四朝全盛時,
신 경 양 세 태 평 일　안 견 사 조 전 성 시

況復筋骸粗康健, 那堪時節正芳菲?
황 부 근 해 조 강 건　나 감 시 절 정 방 비

酒涵花影紅光溜, 爭忍花前不醉歸?
주 함 화 영 홍 광 류　쟁 인 화 전 불 취 귀

역시 태평송太平頌이라 할 만한 시이다. "내 자신 60년의
태평세월 겪었다."고 읊고 있는데, 자기가 지금까지 살아온
60년의 세월을 태평성세라고 생각하기는 쉽지 않은 일이다.

그리고 "눈으로 직접 네 임금의 전성 시절 보아왔다."고 하였는데, '네 임금'이란 북송의 진종(眞宗, 998-1022 재위)·인종(仁宗, 1023-1063 재위)·영종(英宗, 1064-1067 재위)·신종(神宗, 1068-1085 재위)으로, 모두 문화 의식이 뛰어난 훌륭한 정치를 한 임금들이다. 진실로 명리에 초탈했다면 소옹처럼 북송의 그 시대는 태평성대라 여겨졌을 것이다. 꽃이 비친 술잔에 취하고 있는 시인이 신선인 것만 같다.

이러한 태평스런 시대에 깨끗한 마음 맑은 정신으로 살아가고 있으니 우주나 자연에 대하여 생각하는 철학적인 사고도 깨끗하고 맑지 않을 수가 없을 것이다. 「청야음淸夜吟」이라는 시는 그의 눈을 통하여 본 자연을 잘 알려주는 작품이다.

> 달은 하늘 가운데 떠있고,
> 수면엔 소슬바람이 잔물결 일으키네.
> 이처럼 청신한 맛은
> 아는 사람 적을 것일세.

> 月到天心處, 風來水面時.
> 월 도 천 심 처　　풍 래 수 면 시
> 一般淸意味, 料得少人知.
> 일 반 청 의 미　　요 득 소 인 지

이 시의 제목 아래 "도道의 완전한 모습과 중화中和의 묘한 작용 및 자득自得의 즐거움, 이 맛을 아는 사람은 적다." 고 스스로 이 시를 설명하는 말을 달아놓고 있다. 송대의 이학자理學者 120명의 이론을 모아서 정리한 『성리대전性理大全』 제70에도 이 시를 싣고 있는데, 다음과 같은 설명을 거기에 붙이고 있다.

> "성인의 본체가 맑고 밝으며 사람의 욕망이 모두 정화된 것을 형용하였다. '달이 하늘 가운데 와 있을 때' 란 곧 가리어 있던 구름이 다 가신 것이고, '바람이 수면에 불어올 때' 란 곧 파도가 일지 않는 것이다. 이것은 바로 사람의 욕망이 모두 깨끗해져서 하늘의 이치天理가 행하여지고 있는 때인 것이다."

깨끗한 마음으로 달을 쳐다보고 잔물결 이는 호숫물을 바라보는 사람에게 자연스럽게 자연의 오묘한 섭리와 변화가 느껴지고 있다. 그것이 바로 철학이오 이학理學이라는 것이다. 우리에게도 소옹의 시대처럼 '하늘의 이치'를 온몸과 마음으로 받아들일 수 있는 태평스런 세상이 찾아와 주기를 간절히 빈다.

2014. 3. 15

2
내 친구 참나무

　몇 년 전 가을에 특별한 계기로 아침 8시를 전후하여 공원 숲속 길을 산책하게 되었다. 그때는 날씨가 쌀쌀해져서 집 밖으로 나서기가 싫지만 옷을 두툼히 입고 용기를 내어 일단 나서서 공원으로 들어서기만 하면 맑은 공기에 기분이 상쾌해지고 찌뿌드드하게 느껴지던 몸에도 활력이 붙어 발걸음이 가벼워졌다. 산책 시간은 달라졌지만 그 뒤로 나의 아침 산책은 습성처럼 되어버렸다. 날씨가 나쁘거나 부득이한 일이 있는 날 이외에는 아침 산책을 빠트리는 일이 거의 없게 되었다.

공원으로 나가면 나는 먼저 산기슭 숲속으로 들어가 간단한 체조로 몸을 푼다. 그런데 이 맨 먼저 몸을 푸는 장소로 마음에 드는 곳이 발견되어 공원에 산책을 나갈 적마다 그곳이 가장 먼저 찾아가는 곳으로 굳어져 버렸다. 아침뿐만이 아니라 낮이건 저녁이건 공원으로 산책을 나가면 가장 먼저 찾아가는 곳이 생긴 것이다. 가장 먼저 찾아가는 일정한 곳이 생긴 이유는 매우 간단하다. 거기에는 내 친구도 같고 애인도 같게 느껴지는 참나무 고목이 한 그루 서있어서 내가 갈 적마다 언제고 반갑고 정겹게 나를 맞아주기 때문이다. 그 참나무는 처음부터 말없이 거기에 서 있었지만 매일 찾아가 만나는 중에 내 마음속에 나의 오래 사귄 친구처럼 가까워진 것이다.

나는 나무의 나이를 제대로 감별할 능력이 없지만 직감으로 이 참나무는 나와 같이 82년 정도 자란 고목이라 여겨진다. 우람하게 땅속에 단단히 뿌리를 박고 땅 위에 솟구쳐 있는 밑둥치는 세 아름이 넘는 굵기로 보이는데 바로 땅 위로 솟구친 부분에서 한 아름이 넘을 굵기의 궁전 기둥 같은 굵은 둥치가 둘로 갈라져 하늘로 뻗어 올라가 있다. 내가 늘 자리 잡는 위의 북쪽에서 바라보면 왼편 둥치가 오른편 둥치보다 약간 더 굵고 거대하게 자랐는데 줄기가 구부정하게 산 아래 남쪽으로 기울어져 있고 둥치가 굽은 곳에는 커다란 옹이가 혹처럼 솟아있다. 오른편 둥치는 상처 같은 것도 적고 상당히 바르고 곧게 자라 올라가 있지만 왼편 둥치보다 더 보기 좋게 잘 자랐다고 볼 수는 없다. 오히려 굽기도 하고 상처와 옹이가 많은 왼편 둥치의 성장세가 더 좋은 것 같다. 그 둥치의 가지가 더 길고 넓게 자라 있다. 두 개의 둥치 모두 밑둥치를 딛고 약간 비스듬히 5, 6미터가량 우람하게 뻗어 올라간 다음 굵은 가지가 뻗기도 하고 줄기가 두 갈래로 갈라져 자라기도 하였는데 북쪽으로 뻗은 가지는 하나도 없고 모두 남쪽으로 이리저리 뻗어있다. 널따란 잎이 달린 나뭇가지는 남쪽 방향 위쪽으로 길게 뻗어 그 밑에 자라고 있는 잡목들을 감싸주고 있는 것만 같다. 왼편으로 뻗은 가지 하나는 밑의 잡목들 줄기에 닿을 정도로 자라있어 더욱 작은 나무들을 감싸주고 있는 것처럼 보인다. 그래도 본 나무줄기는 두 개 모두 위로 비교적 곧게 뻗어 옆의 다른 나뭇가지와 어울리어 하늘을 장식하고 있다. 한가을에는 그 나무와 함께 근처의 자라고 있는 참나무들에서 많은 도토리가 낙엽과 함께 떨어져 아침마다 한두 명의 낙엽을 뒤지면서 도토리를 줍는 아주머니들을 만나게 된다. 그러나 더 이상 떨어지는 열매가 없게 되면 도토리 줍는 아주머니들도 오지 않게 되어 주변이 고요해진다. 그리고 나뭇잎도 거의 모두 떨어져 땅 위에는 길 위까지도 크고 작은 나뭇잎이 두툼히 쌓여 그 낙엽을 밟으며 몸을 움직여 보면 융단 위를 걷는 것보다도 더 푹신하고 기분이 상쾌하다.

나무의 모양새를 설명하느라고 지금 두 개의 둥치로 갈라져 자란 모양새가 서로 다른 점을 설명하고 있지만 실상은 이 두 개의 둥치로 갈라져서 자란 나무가 서로 조화를 이루어 나에게 친근감과 애정까지 느끼게 하고 있는 것이다. 나는 그 참나무 친구를 대할 적마다 두 손을 두 개의 둥치 위에 얹고 팔 굽혀 펴기로 시작하여 몸을 풀면서 서로 인사를 나눈다. 한여름에는 그 굵은 나무 둥치에 푸른 이끼가 덮였다고 할 정도로 많이 끼게 된다. 철마다 느낌이 달라지는 거친 참나무 껍질 위에 양손을 얹고 몸을 나무에게로 기대고 심호흡을 하면 그 나무도 기뻐서 "친구야! 잘 왔다!"고 답례를 하는 숨결 같은 것이 느껴진다.

공원 이 주변의 숲에는 참나무뿐만이 아니라 소나무, 밤나무를 비롯하여 고목이라고 보아도 될 나무들과 함께 막 자라 올라온 잡목이 무척 많다. 내 친구 참나무도 소나무, 밤나무 및 또 다른 참나무와 가지를 엇섞기도 하면서 함께 어울리어 하늘을 향하여 가지를 뻗고 있다. 그리고 그 밑에는 여기저기 굵기가 일정치 않고 모양도 서로 다른 여러 가지 나무들이 이 나무 아래에 함께 자라고 있다. 마치 어른이 어린아이를 감싸 주고 있는 것 같은 모습이다. 숨을 크게 들여 쉬면서 하늘을 쳐다보면 함께 어울리어 하늘로 뻗어있는 서로 다른 나뭇가지들이 맑은 공기 마음껏 들이마시라고 손짓을 하는 것도 같다. 공원의 이 근처 숲 안에서는 이 내 친구 나무가 가장 크고 오래된 것 같다. 둥치가 둘로 갈라져 자라 있지만 그 근처에 는 그의 둥치 한 쪽보다도 더 굵은 나무는 눈에 뜨이지 않는 다. 그러나 가까이 가서 자세히 보기 전에는 그 나무만이 유 독 크고 오래되었다고 느껴지지 않는다. 다른 잡나무들과 어 울리어 각별히 눈에 뜨이지 않게 숲을 이루고 있기 때문이다.

나는 이 내 친구 참나무가 나이도 나와 비슷하지만 여러 가 지 형편까지도 나와 비슷한 점이 많다고 느껴진다. 그 때문에 친구나 애인처럼 느껴지게 되는 것이다. 우선 이 나무 근처에 는 자라다가 죽은 나뭇등걸과 가지는 모두 없어지고 껍질도 반 이상 벗겨져 나간 채 죽은 상당히 굵은 줄기만이 서있는 고목古木도 서너 개가 서 있다. 거의 밑둥치만 남은 고목의 등 걸이 두 개 있고, 중간이 부러져 버리어 죽어서 한 길이 넘는 높이의 줄기가 남아 썩고 있는 고목이 있고, 내 친구 나무 가 장 가까운 곳에는 길게 썩은 줄기만이 서있는 고목이 있다. 그 나무도 내 친구 나무처럼 밑둥치는 두 갈래인데 한쪽은 밑 둥치에서 부러져 썩은 등걸만이 남아있고 한쪽 줄기만이 썩 었지만 아직도 버티고 서있는 것이다. 그러나 그 줄기에는 덩 굴풀이 감겨 올라가 있고 올려다보면 중간에 딱따구리가 파 놓은 것 같은 굴이 보인다. 이 죽은 고목도 지금은 둥치의 굵 기가 내 친구의 반도 되지 않지만 나이는 비슷하지 않을까 하는 짐작이 든다. 여하튼 지금은 공원으로 여기에 자라는 나무들이 잘 보호받고 있지만 본시는 이곳도 나처럼 무척 어려운 생장의 환경이었다고 추측된다. 내 친구만은 어려운 환경과 어려운 조건들을 이겨내고 지금까지 이처럼 멋진 참나무 고목이 되어 있는 것이라 여겨진다.

그리고 내 친구 나무의 겉모양을 보면 이 나무가 자라온 경력도 나처럼 험난했던 것임에 틀림이 없다. 밑둥치에서 두 개의 둥치로 갈라져 자랐다는 것은 이 나무가 땅 위로 싹이 터 올라온 다음 곧 그 줄기가 잘리었음을 말한다. 잘려진 둥치를 딛고 다시 거기에 두 개의 새싹이 돋아서 온갖 고난을 극복하고 이런 큰 나무로 자라있는 것이다. 그리고 그 두 개의 둥치는 약간 비스듬히 위로 뻗어 있는데, 왼편의 더 우람하게 자란 둥치에는 상처 때문에 생긴 것 같은 큰 옹이가 여러 개 붙어 있고, 오른편에 보다 곧게 자라 올라간 둥치에도 크고 작은 옹이가 몇 개 달려있다. 그리고 5, 6미터 위에서 남쪽으로만 뻗기 시작하여 그래도 길고 멋지게 뻗어 잘 어울리어 있는 가지들도 아무런 장애 없이 순조롭게 뻗은 것으로 보이지는 않는다. 마치 일제시대에 온갖 고난을 겪으면서 소학교를 다니고 나라가 해방된 뒤에도 중학교에 들어가 대학 과정을 마칠 때까지는 6·25라는 나라의 사변 때문에 온갖 험난한 경험을 다해야 했던 내 지난 생활을 떠올리게 한다. 그리고 여러 가지 크고 작은 상처를 극복하고 그 나무 둥치 위에 여러 갈래로 가지를 뻗어서 멋진 모습을 이루고 잎과 열매를 키우고 있는 모습은 내가 더 자라서 대학 과정을 마친 뒤의 나의 모습과 비슷하다고 여겨진다.

참나무는 본시 스스로 어려움을 이겨내기도 하지만 사람들로 하여금 그 나무를 의지하여 어려움을 극복하게도 해주는 나무가 아닐까 하는 생각도 든다. 전에 영국에는 The Royal Oak라는 참나무가 있는데 옛날에 영국 왕 Charles II가 전쟁에 몰리어 쫓기다가 그 나무에 올라가 위험을 면했다는 글을 읽은 일이 있기 때문이다. 참나무는 임금도 의지한 나무이니 친구이든 애인이든 나도 한 번 의지해보자는 생각이 떠올랐다. 내 친구처럼 언제나 말없이 의연하자. 내 애인처럼 손을 뻗쳐 남을 위하면서 살되 언제나 의젓하자. --- 그 밖에도 배울 것이 무척이나 많다. 그를 가까이하기만 할 것이 아니라 모든 것을 그로부터 배우자. 그를 본뜨자. 그러면 나의 아침 산책도 더욱 힘을 얻게 될 것이라 믿는다.

2014. 12. 5

3

네 가지 경계해야 할 일[四戒]

　　『소식문집蘇軾文集』을 뒤적이다 보니 「네 가지 경계해야 할 일에 대하여 씀(書四戒)」이라는 글이 눈에 들어왔다.[1] 동파東坡라는 호로 더 잘 알려진 소식(蘇軾, 1036-1101)이 신종神宗 때 왕안석(王安石, 1012-1086)의 신법新法을 반대하다가 황주黃州[2]로 귀양살이를 가서 지내던 원풍元豐 3년(1080) 11월에 쓴 글이다. 「네 가지 경계해야 할 일」이라는 "이 서른두 글자를 문과 창 및 앉는 자리와 큰 띠 및 밥그릇과 대야 같은 데 적

　1 『蘇軾文集』卷66 題跋(北京 中華書局, 1986 刊).
　2 지금의 湖北省 黃岡縣.

어놓고, 앉아있을 적이나 서 있을 때나 그것을 보고서 잠을 잘 때나 음식을 먹을 적이라도 늘 이에 대하여 생각도록 하였다."고 말하고 있다. 아래에 서른두 글자로 이루어진 그의 「네 가지 경계해야 할 일」을 번역 소개하기로 한다.

"좋은 수레를 타고 다니는 것은 '절름발이가 되는 기틀'이 된다. 조용한 호화로운 방이 있는 크고 시원한 집은 '몸에 오한惡寒이나 열을 나게 하는 조건'이 된다. 흰 이빨 고운 눈썹을 지닌 미녀는 '사람의 본성을 망치는 도끼'가 된다. 맛있고 부드럽고 기름기 많고 짙은 음식은 '사람의 창자를 썩히는 약'이 된다."[3]

네 가지 경계해야 할 일을 다시 요약하면 '첫째, 되도록 수레를 타고 다니지 말고 걸어 다니라.' '둘째, 너무 좋은 집에서 살거나 좋은 방에서 잠을 자려고 하지 마라.' '셋째, 이쁜 여자들을 너무 좋아하지 마라.' '넷째, 너무 맛있고 좋은 음식만을 먹으려 들지 마라.'고 하는 네 가지이다.

이것은 현대를 사는 우리도 경계해야 할 일들이 아닐까 하는 생각이 들었다. 더구나 이 네 가지는 소식이 귀양살이를

---

3 "出輿入輦, 命日蹷痿之機. 洞房淸宮, 命日寒熱之媒. 皓齒蛾眉, 命日伐性之斧. 甘脆肥濃, 命日腐腸之藥."

하면서 생각한 조건들이다. 첫째, 수레를 되도록 타고 다니지 말고 많이 걸어 다니라는 것은 지금 우리도 마음속에 간직해야 할 일이다. 자동차를 되도록 타지 않고 걸어 다니면 일부러 운동을 하지 않아도 건강에 많은 도움이 된다는 것은 누구나 잘 알고 있는 일이다. 각별히 일 많이 하면서 시간에 쫓기며 바쁘게 사는 사람에게 큰 도움을 줄 교훈이라 여겨진다. 일을 많이 하는 사람일수록 건강을 지키기 위하여 운동할 시간을 충분히 갖지 못하는 사람이 많다고 생각된다. 되도록 출입을 할 때 자동차를 타지 않고 많이 걸어 다니는 버릇을 생활화함으로써 자연스럽게 건강을 유지한다는 것은 매우 좋은 방법임에 틀림이 없다. 둘째, 누구나가 지금도 조용한 호화로운 방이 있는 크고 시원한 집에 살기를 바란다. 더구나 선비들 곧 지식인들이 크게 존중되어 나라의 지배계급으로 군림하던 송宋나라 때에는 공부를 한 사람들은 많은 우대를 받으며 살았기 때문에 어떤 사람들보다도 먼저 그런 생각을 갖기 쉽다. 그러나 큰 집의 호화로운 방에서 산다면 정신적으로나 육체적으로나 안이함에 익숙해지기 쉽다. 집이고 방이고 자기에게 알맞고 편리해야 한다. 현대인도 너무 좋은 집을 탐하는 것은 그에게 아무런 도움도 되지 않는다. 크고 호화로운 집은 관리 유지에도 많은 신경을 써야만 한다. "몸에 오한을 느끼게 하고 열을 나게 하는 데" 그치지 않고 경제적으로나 정신적으로나 건전할 수가 없게 만들 것이다. 셋째, 흰 이빨 고운 눈썹을 지닌 미녀는 남자라면 누구나 싫어하지는 않을 것이다. 더구나 송나라 때에는 나라가 평화롭고 경제적으로 백성들의 생활이 넉넉하여 사대부들은 일반적으로 자기 아내 이외에도 아름답고 젊은 여인들과 어울리어 즐기는 것이 일반적인 습속이었다. 소식도 그러하거니와 선비들은 거의 모두 몇 명의 자기 부인보다 나이 어리고 이쁜 다재다예多才多藝한 첩을 몇 명씩 거느리고 살았다. 그리고 그러한 미녀를 옆에 거느리고 술 마시는 것을 즐겼다. 그러기에 송대 문인들의 시와 사詞 작품에는 미녀와 함께하고 술 마시는 즐거움을 노래한 작품들이 특히 많다. 그러니 그 시대의 지식인들은 미녀에 빠져버리기 쉬운 정황이었다. 그러나 아름다운 여자에 정신을 잃고 좋아한다면 "사람의 본성을 망치게 될" 뿐만이 그 사람 자체가 망가져 버리게 될 것이다. 지금은 옛날과는 달리 남녀동등의 사회라 할지라도 여자의 외모만 보고 그의 아름다움에 빠져버린다면 건전한 인간관계를 유지하지 못할 것은 분명한 일이다. 사람은 여자뿐만이 아니라 남자도 외모보다 심성이 더 중요하다. 넷째는, 음식에 관한 일이다. 현대에는 먹을 음식을 고를 적에 선택하는 음식물의 영양이나 건강에 미치는 효능 또는 맛에 대한 정보가 너무나 많다. 지나치게 스스로 맛과 영양, 건강 등을 따지면서 음식을 골라 먹다가는 오히려 건강을 망치게 될 가능성이 많다. 무엇을 먹느냐는 것보다 어떻게 먹느냐가 더 중요한 일일 것 같다. 혼자 방안에 앉아서 진수성찬을 먹는 것보다도 보리밥에 시래깃국이라 하더라도 가족이나 친한 사람들과 함께 모여 먹는 편이 더 즐겁고 건강에도 더 좋을 것이다. 술도 비싸고 좋은 위스키를 혼자 마시는 것보다는 절친한 사람들과 어울리어 싼 소주를 마시는 편이 훨씬 더 좋을 것이다. 자신이 먹고 마시는 음식에 너무 신경을 쓴다면 좋을 것이 하나도 없을 것이다.

소식의 「네 가지 경계해야 할 일」을 이렇게 정리해 보면서, 나도 이제부터는 이 네 가지 일에 대하여는 경계하면서 살아야겠다는 다짐을 하게 되었다.

2014. 12. 29

4

동아시아 나라들 상호관계에 대한 반성

1. 고대 동아시아 나라들과 한자문화권

지난번 서울에서 한·중 학자회의가 열렸을 적에 본인은 「한자와 동아시아 나라들」이라는 논문을 발표하였다. 그 논문에서 밝혔듯이 고대 동아시아 지역의 나라들은 모두 한문화권漢文化圈, 곧 한자문화권漢字文化圈에 속하여 있었다. 이곳 나라들의 긴 역사와 오랜 세월을 두고 발전하여온 문화는 모두 한자를 그 바탕으로 하고 있다. 한자가 있었기 때문에 그들의 오랜 역사가 기록으로 남아 전할 수가 있었고, 한자가 있었기 때문에 이들은 서로 의사를 소통하면서 일찍부터 세계의 다른 지역에 비하여 상당히 높은 수준의 문화를 오랫동안 지속 발전시킬 수가 있었다.

이들은 지금과 같은 국가 개념도 갖고 있지 않았다. 그들은 국가의 경계 없이 같은 문화를 누리며 자유롭게 서로 왕래하고 친밀하게 지냈다. 비록 화하華夏와 이적夷狄의 개념은 있었지만 그것은 대립관계가 아니었다. 서로 내왕하며 문화적으로 미개한 이적을 화하의 영역 안으로 끌어들이려는 노력이 계속되었다.

옛날 이 지역에는 유교가 성행하여 사회는 유교 윤리를 바탕으로 유지되어 어디에서나 예의와 질서가 존중되었으며 조상이 숭배되고 가족이 소중히 여겨졌다. 사서오경四書五經같은 유교경전이며 제자서諸子書와 당송唐宋의 시문 및 문文·사史·철哲 유관 서적 등은 이 지역 지식인이라면 누구나가 읽는 필독서였다. 그러기에 특히 지식계급에 있어서는 그들이 감상하고 창작하는 문학·미술·음악 등의 많은 부분을 공유하다시피 하여왔다. 사회생활에 있어서도 설·보름·한식·단오·칠석·추석 등 세시풍속도 서로 공통되는 점이 많았다.

중국은 말도 서로 다르고 풍속도 다른 수십여 이민족으로 둘러싸여 천하天下를 이루고 있었다. 중국이란 나라를 지탱하여 오고 또 그 중심을 이루는 한족漢族은 시대에 따라 여러 이민족을 흡수하여 보다 큰 종족으로 부단히 발전하여 왔다. 주변의 이민족들은 중원으로 들어오기만 하면 한족에 동화되었다. 보기를 들면 4, 5세기에 흉노족匈奴族과 선비족鮮卑族을 중심으로 하는 이족들이 무력으로 중원에 쳐들어와 나라를 세워 이른바 오호십륙국五胡十六國이 섰었지만 이들은 곧 한자와 중국의 제도를 모르면 나라를 다스릴 수가 없다는 것을 알고 모두가 스스로 한자를 공부하고 중국의 예의제도를 따라 한족에 동화되었다. 남북조南北朝시대의 북위北魏는 왕실이며 귀족이 자진하여 모두 한족으로 변하기에 힘썼다. 12세기 이후에 가서야 한족과 이민족의 관계에는 큰 틈이 생기기 시작한다. 곧 이민족도 민족의식이 생기어 자기네 문자를 만들어 사용하고 자기네 문화를 내세우려 애쓰게 된다.

B. Russell이 Problems of China에서 중국문화의 특징으로 첫째 한자의 사용을 들며 한자문화권의 특성을 강조하였다. 그리고 그가 처음 중국을 방문하여 상해上海에서 강연을 할 때 "중국은 실은 하나의 문화체文化體이지 국가가 아니다."라는 말을 했는데 고대의 중국을 놓고 볼 때 그것도 옳은 말이다. 그리고 그의 말은 중국뿐만이 아니라 동북아 나라들 전체까지도 포함시킬 수가 있는 성격의 것이다.

동북아 여러 나라들은 그처럼 한 문화권 안에서 같은 문화를 누리며 평화롭게 잘 지내 왔다. 그런 문화권이 언제인가 한꺼번에 무너져 지금의 동북아 나라들은 세계의 다른 어떤 국가들과의 관계보다도 더 소원한 상태로 변하여 있다.

2. 한자문화권의 붕괴

그런데 이 한자문화권이 붕괴되어 동북아 여러 나라들 사이의 관계에 변화가 일어난 것은 중국문화사상에 있었던 대격변 때문이다. 중국문화사상 가장 크고 뚜렷한 변화의 전환점이 되었던 시기는 북송北宋 말년(1126) 전후이다.[1] 중국문화사에 있어서 북송 이전의 시기는 서기 기원전 10세기 주周나라에서 이룩된 중국 전통문화가 이 지구상에서 가장 찬란한 수준으로 계속 발전하여 온 시대이고, 남송南宋 이후의 시기는 전통문화의 발전이 정체되고 이질적인 방향으로 발전하기 시작하여 '현대'에 이르는 시대이다. 한자문화권의 중심을 이루는 중국의 문화가 변질되면서 결국 동북아 여러 나라들의 관계에도 변화가 일어났던 것이다.

나는 졸저 『중국문학사』(한국 신아사 간)에서 북송 말년을 분계로 하여 이러한 문화의 격변 이전의 앞의 시대를 고대古代, 격변 이후의 뒤의 시대(현대 이전)를 근대近代라고 문학발

---

1 1997. 7. 17. 서울대-구주九州대 공동개최 학술회의 발표 논문 「中國文學史的分期簡論」 참조.

전의 시대를 둘로 대분하고 있다. 이는 중국문화의 격변을 바탕으로 하여 도출해 낸 개념이다.

　그러한 생각은 중국희곡사에 있어서 중국 전통연극의 갑작스런 큰 변화가 일깨워 주었다. 북송 말년 이전까지는 중국 희극이 가무희를 중심으로 하는 소희小戲 위주였으나, 그 무렵에 돌연히 희문戱文이 생겨나 중국 고전 희극의 중심이 '소희'로부터 대희大戲로 바뀌어져 버렸기 때문이다.[2] 북송 이전의 '소희'란 중국 고대의 산악散樂 속의 가무희를 중심으로 하여 발전해 온 중국의 전통적인 희극으로 한漢대의 각저희角觝戲와 참군희參軍戲·골계희滑稽戲·우희優戲·괴뢰희傀儡戲 등이 모두 그 속에 포함된다. 한漢대에 동해황공東海黃公을 중심으로 한 평악관平樂觀에서 연출되던 여러 가지 놀이, 남북조南北朝시대의 상운악上雲樂, 당唐대의 난릉왕蘭陵王·답요낭踏搖娘)·서량기西凉伎, 송宋대의 여러 가지 가무희와 잡극雜劇 등이 보다 구체적인 소희라 할 것이다.

　"'대희'는 희문戱文에서 시작하여 원元 잡극雜劇·명明 전기傳奇·청淸대의 화부희花部戲로 발전한다. 중국의 고전 희극은 '소희'나 '대희'를 막론하고 모두가 노래와 춤을 사용

---

2 臺灣大學 敎授 曾永義는 「中國地方戱曲形式與發展的徑路」(『詩歌與戱曲』台北, 聯經出版社 刊 所載)에서 중국 희극을 크게 「大戲」와 「小戲」로 분류하고 있다.

하여 고사故事를 연출하는 것"³이다. 그러나 '소희'는 전체 연극의 규모가 매우 작아서 '소희'에서 연출되는 고사는 간단하나 '대희'의 고사는 길고도 정절이 복잡하여 연극의 규모가 크다. 그리고 '소희'는 지금까지 전하는 완전한 극본劇本이 없이 오직 그 창사唱詞의 일부분만이 남아 있을 뿐인데, '대희'는 대부분의 극종이 거의 완전한 극본들을 갖추고 있다. 그래서 많은 희극학자들이 '소희'는 아직 미숙한 연극의 형태이고 '대희'야말로 완전한 형식의 연극이라 생각하게 되었다.

그러나 '소희'에서 '대희'로 변하면서 연극에 쓰이는 음악과 무용의 성격이 모두 달라졌고 거기에 쓰이는 악기며 의상이며 장식도 모두 변하였으며, 희극에 대한 기본 의식조차도 변하였음에 주의하여야 한다. 중국의 고전 희극이 돌연 '소희'로부터 '대희'로 변했다는 것은 중국 희극뿐만이 아니라 중국문화사상의 일대 안건이라 할 수 있는 것이다. 연극의 변화는 바로 중국의 음악·미술·무용·악기·의상 등이 완전히 다른 것으로 변한 것을 뜻하기 때문이다.

그런데 이 격변은 이민족들의 중국 지배로 말미암는다. 가장 큰 영향은 금金·원元·청淸이다. 이들 이민족은 비록 무

---

3 王國維『戲曲考原』; "戲曲者, 謂以歌舞演故事也."

력으로 중원으로 쳐들어와 중국 땅을 지배하기는 하였지만, 유목민족인 그들의 문화는 본시 한족에 비하면 상대가 안 될 정도로 낮았다. 결국은 한족을 이겨내지 못하고 모두가 한문화에 동화되어 중국 민족이란 한 큰 덩어리로 합쳐지고 만다.

그러나 이들은 이전 오호십륙국五胡十六國이나 남북조南北朝시대의 이민족과는 성격이 전혀 달라져 있었다. 민족의식이 강해져 있었다는 것이다. 때문에 이들이 동화되고 융합되면서도 모두가 한때 나라를 통치하는 대권을 쥐고 자기네 문화의 선양에 힘썼으므로, 한문화 자체에도 큰 충격을 주어 그 한문화 자신도 일대변전一大變轉을 겪도록 하였다. 그 때문에 북송 말년 무렵에 중국의 고전 희극이 '소희'로부터 갑자기 '대희'로 바뀌기 시작하고, 이에 따라 음악 · 무용 · 미술 · 문학을 비롯한 중국문화가 전반적으로 변하였던 것이다. 북송 말년 무렵의 돌연한 중국문화의 변화는 이러한 이민족 문화의 압력에 원인이 있다고 보아야 할 것이다.

이때 이민족의 세력은 한족을 능가하였지만 그들의 문화는 한족보다 뒤져 있었기 때문에 그들의 압력에 의한 중국 문화의 변화는 어떤 의미에서는 뒤처지는 방향으로의 이질화임을 면할 수 없었다. 그리고 이 이질화는 중국 문화의 전통의 상실을 뜻하는 것이기도 하였다.

보기를 들면, 중국의 전통 문학의 중심을 이루어오던 시는 이 뒤로부터는 별로 창조적인 작품을 발견하기 어렵게 되고 더 이상의 발전을 하지 못하게 된다. 남송 이후로는 문학 창작의 중심이 희곡과 소설로 바뀌었지만 그것도 전통을 잃은 상태라 앞 시대의 것을 계승 발전시키는 경향을 보여주지 못한다. 이것은 중국 문화 전반에 걸친 현상이었다. 그러기에 북송시대까지 세계에서 최고의 지위를 뽐내던 중국 문화가 이로부터는 점점 뒤처지기 시작하고, 하루하루 더 자기 문화의 전통으로부터 멀어지기 시작했다.

따라서 중국문화의 이질화와 전통의 상실은 결국 한자문화권의 붕괴로 이어진다.

3. 중국문화의 이질화와 동아시아 나라들

앞에서 중국문화의 이질화는 그 문화가 뒤처지는 방향으로 발전함을 뜻하기도 한다고 하였다. 그것도 구체적으로 중국 희곡의 변화를 놓고 얘기하기로 한다.

명대의 희곡작가 서위(徐渭, 1521-1593)의 『남사서록南詞敍錄』을 보면 '대희'를 평가함에 있어서, 북송 말엽의 남희인 영가잡극永嘉雜劇[4]을 가장 소중한 것, 다음으로는 원잡극元雜

---

4 『南詞敍錄』; 其曲, 宋人詞而益以里巷歌謠.

劇,[5] 명초의 남희[6]이고 당시의 전기傳奇는 가장 형편없는 것으로 생각하였다.[7] 시대가 앞선 것일수록 당시와 송사에 가깝고 당시의 민요 색채를 많이 보존하고 있다고 믿었기 때문이다. 남구궁南九宮은 어떤 사람에게서 나온 것인지 모르겠다[8]고 하면서 당시의 희곡음악에 대하여도 불만을 표시하고 있다. 그러나 서위는 한편 남송 이후 원대에 이르는 중국 희곡 음악을 호곡胡曲[9]·오랑캐들이 위조한 것[10]·요遼 금金 북쪽 오랑캐의 살벌한 음악[11]이라 말하고 있다. 그리고 그는 희극의 전통을 되찾아보려는 의도 아래 원잡극의 규식規式과도 다른 『사성원四聲猿』도 창작하였다.

중국문화가 이질화하고 전통을 잃자 주변의 한국이나 일본 같은 이민족들이 더 이상 중국을 중시하지 않고 소원히 대하기 시작하였다. 이제는 더 이상 주변의 민족들이 중국의 문학이나 예술을 비롯한 문화를 본뜨고 배우려 들지 않게 된 것

5 상동; 元人學唐詩,---去詞不甚遠, 故曲妙. 又; 國朝雖尙南, 南不逮北.
6 상동; 然南戲要是國初得體,---琵琶尙矣,---其次荊釵·拜月數種, 稍有可觀.
7 상동; 以時文爲南曲, 始於香囊記, 非本色.
8 상동; 南九宮不知出於何人.
9 상동; 中原自金元二虜猾亂之後, 胡曲盛行.
10 상동; 北曲---不過出於邊鄙裔夷之僞造耳. ---夷狄之音---.
11 상동; 北曲, 蓋遼金北鄙殺伐之音.

이다. 이 때문에 서로 간의 내왕도 갑자기 줄어들게 되었다.

그리고 한자문화를 통하여 발휘되던 같은 문화권 안 여러 민족 사이의 응집력이 없어지면서 중국은 형편없는 나라로 변해버렸다. 몽고와 여진의 한 부족에게 온 나라를 내어주고 그들에게 지배당하는 상황까지 벌어지게 되었던 것이다. 그리고 현대로 들어오면서 잃어버린 자기 전통문화에 대한 각성을 할 겨를도 없이 다시 서세西勢에 밀리어 의식주며 문화 전반에 걸쳐 서구화하는 형편에 처해있다.

그 때문에 당唐나라와 북송北宋·신라와 고려 및 나라(奈良)와 헤이안(平安)시대의 일본 이전의 시기에는 동아시아 나라들은 서로 매우 긴밀하고 우호적인 관계를 유지하여 왔지만, 남송 이후로는 상황이 점점 달라져 한국과 일본도 중국의 문화 수준을 시원찮다고 무시하게 되어 서로를 멀리하며 서로의 접촉과 교류가 날로 소원해지게 된 것이다. 그리고 결국은 내왕을 서로 하지 않을 뿐만이 아니라 모두가 자기 나라로 들어오는 문을 닫는 쇄국주의鎖國主義로 발전하는 상황까지 벌어졌다.

박지원朴趾源의 『열하일기熱河日記』(臺北 影印本)만 보더라도 원나라를 가리켜 호원胡元이라 하고 군호群胡·중호衆胡 등의 용어를 쓰고 있으며(권10), 청나라 연호를 쓰지 않고 명나라 마지막 연호 숭정崇禎을 근거로 하여 "후삼경자後三庚

子"란 말을 쓰게 된 까닭을 설명하고도 있다(「渡江錄序」).

지금 와서 동아시아 지역은 밀접한 문화적인 배경을 갖고 있으면서도 하나의 문화권이나 경제권을 이루지 못하고 있다. 한 개의 권역圈域을 이루지 못하고 있을 뿐만이 아니라 여기의 나라들은 서로의 관계가 오히려 다른 지역의 나라와의 관계보다도 더 소원하다.

우선 정치체제가 중국과 북한은 공산주의이고 다른 나라들은 자유민주주의 국가라서 서로의 관계가 껄끄럽다. 게다가 대만은 중국과 떨어져 있고 한국은 북한과 나누어져 대치하고 있으며, 과거에 일본은 중국과 한국을 침략한 일이 있어 아직도 이들 두 국민들에게서는 원한의 감정이 깨끗이 가시어지지 않고 있다.

지금 와서는 과거의 한자문화권은 완전히 무너진 셈이다. 중국에서는 다른 나라에서는 쓰지 않는 간체자簡體字를 만들었고, 일본과 한국은 한자를 혼용하고는 있지만 되도록 적게 쓰려는 경향이며 또 일본에서는 자기들만의 약자略字를 만들어 쓰고 있다. 먼 베트남에서는 한자사용을 폐지해 버렸다. 한자라는 같은 문자를 함께 썼음에도 불구하고 공통되는 언어가 없음은 물론 최근에 이르기까지 서로 간의 문화와 언어 습득을 등한히 하였다.

이 지역 나라 사람들은 서로 상대 나라와 그 나라 사람들을 우습게 여기고 상대 나라 문화에 대한 관심이 적다. 우선 상대방 나라 사람들에 대한 일반 호칭부터가 중국 사람들은 왜倭·까오리빵즈(高麗棒子)라는 말을 썼고 한국 사람들은 떼놈·왜놈이었으며, 일본인들이 쓰던 지나인·조선인이란 말에도 경멸의 뜻이 담겨 있었다. 나라 사이의 내왕도 서로 가장 가까운 거리에 있으면서도 다른 어떤 나라들보다도 조건이 까다롭고 제약이 많다. 심지어 마음대로 찾아갈 수 없는 나라도 있다.

옷이나 음식과 주거방식도 서로 크게 달라졌고 옛날에는 원칙적으로 서로 같았던 관혼상제冠婚喪祭의 의식과 세시풍속 같은 것도 서로 달라졌고, 뿌리는 서로 같은데도 전통음악의 창조唱調나 악기며 고래의 연극 같은 것도 나라마다 서로 달라졌다.

4. 장래에 대한 바람

지금 다시 동아시아 나라들이 한자문화권으로 되돌아간다는 것은 불가능한 일이다. 그러나 적어도 한자가 그 문화권 안의 모든 사람들을 하나로 응집凝集시키던 시대, 곧 한자문화권 시대의 참된 우리의 전통은 되찾아야 한다. 한자만 하더라도 제각각 간체자簡體字나 약자略字를 쓰지 말고 공동 대처

하여야 한다.

우리 동아시아 나라들은 무엇보다도 우선 지금의 서로 소원한 관계를 청산하고, 서로 상대방 나라들을 존중하며 서로 더 내왕을 자주 하면서 서로 이해하고 협력하는 친밀한 관계로 발전시켜야 한다. 상대방 나라의 문화에 보다 큰 관심을 갖고 상대방 나라의 언어와 풍습 등을 서로 공부하도록 노력하여야 한다. 이러한 바람은 근래에 와서 조금씩 나아져 가고 있는 경향을 여러 면에서 보여주고 있기는 하나, 우리는 서로 좀 더 분발할 필요가 있다.

그러한 면에서 가장 중요한 것이 민간의 교류이다. 앞으로는 세계화에 앞서 먼저 동아시아 여러 나라와의 친선교류에 더욱 힘을 기울여야 한다. 우리가 앞장서서 동아시아의 새로운 문화권 건설에 공헌하게 되기를 빈다.

2006. 7. 6

서재에 흘린 글 ● 제4집

초판 인쇄 2017년 2월 7일
초판 발행 2017년 2월 14일

저   자 | 김학주
발행자 | 김동구
디자인 | 이명숙·양철민
발행처 | 명문당(1923. 10. 1 창립)
주   소 | 서울시 종로구 윤보선길 61(안국동)
            우체국 010579-01-000682
전   화 | 02)733-3039, 734-4798(영), 733-4748(편)
팩   스 | 02)734-9209
Homepage | www.myungmundang.net
E-mail | mmdbook1@hanmail.net
등   록 | 1977. 11. 19. 제1~148호

ISBN 979-11-88020-04-1 (03810)
10,000원